「いや、俺も言葉が足りなかった。俺はただ――」

アルヴィン王子の手のひらがアイリスの頬に触れる。

いつもと同じようで、だけどいつもとは違う真剣な眼差し。

なにか言いたげな顔をする彼を前に、
アイリスはその言葉を待ち受けた。

Contents

悪役令嬢のお気に入り

王子……邪魔っ

プロローグ
かくして賢姫の鎖は断ち切られる

星空の下、リゼル国は一年のなかでも特に活気を見せていた。精霊を称える年に一度の精霊祭がおこなわれているためだ。

建国の女王である初代賢姫と、彼女に恩恵を与えた精霊を称えるお祭りで、城下町はもちろんのこと、城内でも盛大にパーティーが開かれている。

著名なオーケストラによる演奏。

この国では馴染みの深い軽快なワルツに満たされた会場。普段は権謀術数の渦巻く世界で神経を尖らせている貴族達も、いまばかりは穏やかな笑顔を浮かべている。

そんな会場の外にあるバルコニー。お城をライトアップする魔導具の明かりに照らされた幻想的な空間で、一組の若い男女が向き合っていた。

青年はザカリー王太子。

リゼル国の第一王子にして次期国王の地位にいる十九歳。ブラウンの髪に縁取られた整った顔。そこに収められているのは少し幼さを残す翡翠の瞳。

その瞳には美しい少女が映り込んでいる。

公爵令嬢にして今代の賢姫、アイリス・アイスフィールドだ。

プラチナブロンドは艶やかで、ライトアップの明かりを受けて幻想的な光を纏っている。アメシストの瞳は少し冷たい印象を与えるが、とても整った顔立ち。

まるで氷の精霊がこの世界に顕現したかのような少女がたたずんでいる。

（わたくしをこのような場所に呼び出すなんて……もしかするのでしょうか？）

ザカリー王太子に呼び出されたアイリスは、彼の用件をなんとなく察していた。だからわずかな不安と、それ以上の期待を持って彼の言葉を待ちわびる。

長い沈黙。

会場から漏れ聞こえるワルツが一巡したのを切っ掛けに、王太子が拳を握り締めた。

「アイリス、そなたとの婚約を解消する」

「――はい、よろこんで」

期待通りの言葉に、アイリスは食い気味に応じる。そうして、笑わない賢姫と揶揄されていた彼女は、つぼみが開くように微笑んだ。

彼女が笑うのは非常に珍しく、ザカリー王太子にとっては初めて見る笑顔だろう。キツい顔立ちではあるが、それ以上に整った容姿の持ち主である。アイリスが浮かべた笑顔に、ザカリー王太子は心を奪われた。

だが、すぐに我に返って怪訝な顔をする。

「……よろこんで、だと？　婚約を破棄すると、俺はそう言ったのだぞ？」

「はい。ですからよろこんでと応じました」

「……なぜだ？」

理解できないとばかりにザカリー王太子が首を傾げた。だが、それに対して今度はアイリスが「なぜとはどういうことでしょう？」と首を傾げる。

　その仕草はどこか晴れやかで、広がった髪が明かりを受けて煌(きら)めいている。

「その……未練とかはないのか？」

「未練ですか？　逆にお尋(たず)ねしますが殿下にはあるのですか？　望まぬ政略結婚で、だからこそ、ヘレナ様と逢瀬(おうせ)を重ねておいでなのでは？」

「むぐっ。し、知っていたのか？」

「……わたくし、王太子妃になるべく育てられた賢姫ですよ？」

　賢姫とは魔精霊の加護を得た女性に国から与えられる称号である。

　その時代に複数の賢姫がいることもあれば、一人もいないこともあるが、賢姫は優れた魔術の使い手であり、様々な知識を持ち合わせている者にだけ与えられる称号だ。

　ゆえに、歳の巡り合わせに問題がなければ、賢姫は王に嫁ぐことが慣例となっている。賢姫として学んだ知識を使って、王を補佐することが求められるのだ。

　アイリスもその例に洩れず、王太子の婚約者となった。

　賢姫として未来の王の補佐をするための努力を重ねていたアイリスは、既(すで)に情報の扱いにも長(た)けている。ザカリー王太子が愛人にお熱なのを知らぬはずがない。

（むしろ、なぜ知られていないと思っていたのでしょう）

　偽装工作の一つもしていない。

それでバレないはずがないのに――と、アイリスは首を傾げた。けれどすぐに、それ自体は別に重要ではないと気付き、答え探しを放棄する。

「取り敢えず、殿下にも未練はございませんよね？」

「いや、それは……そう、だな」

自分に未練がないのは当然として――と、言外に込められたアイリスの意思が伝わったのだろう。ザカリー王太子の顔がわずかに引き攣った。

「では円満解消ですねっ」

アイリスはもう一度微笑んだ。

固いつぼみが開くように、笑わない賢姫の表情が華やいでいく。

「……そなたは、そのように笑うのだな。そなたがそうやって笑ってくれれば、俺がヘレナに惹かれることもなかっただろうに……」

（なにを言っているのかしら、このへっぽこ王太子は）

第一に、ヘレナに対して失礼だ。

第二に、アイリスとて嬉しければ笑うし、悲しければ泣きもする。

彼の前で笑わなかったのは、互いの関係が最初から冷え切っていたからだ。それを王太子だけのせいだとは言わないが、アイリスが一方的に責められる謂れはない。

いままでのアイリスは、そうした不条理を無言で受け流していた。王太子の補佐をする、それが当代の賢姫であるアイリスの責務だったからだ。

だが、それもこれまでだ。

「嬉しければ笑う。ただそれだけのことでございます」

「そう、か……よく分かった。今日この時をもって、そなたと俺は赤の他人だ」

ザカリー王太子は強がるように言い放ち、つかつかと立ち去っていく。対して、後ろ姿を見送るアイリスは穏やかに微笑んでいて……これではどちらが振ったのか分からない。

だがどちらにせよ、これでアイリスは晴れて自由の身となった。むろん、正式な手続きなどは残っているが、それもアイリスにとっては些細なことだ。

それよりも――と、彼女は柱の陰に意識を向けた。

「どなたかは存じませんが、立ち聞きは感心いたしませんよ？」

「……ほう、よく俺の気配に気が付いたな」

声と共に隙のない気配を纏った青年が姿を現した。吹き抜ける夜風が青年の金色の髪をなびかせる。近付いてくるにつれて露になる整った顔立ち。

鋭さを秘めた青い瞳がアイリスを捉える。

初めて会うはずの相手。

だが――

「……お兄様？」

アイリスの唇が懐かしむように呟いた。

エピソード1

裏切りの王子

1

初めて会うはずの相手。なのにアイリスの口から〝お兄様〟という言葉が零(こぼ)れ落ちた。その不思議な感覚に彼女の胸がトクンと高鳴る。

続けて激しい頭痛に襲われた。知るはずのない彼と過ごした時間。知らない人々の顔。見たこともないお城で暮らす日々が脳裏に浮かんでは消えていく。

アイリスはわずか一呼吸のあいだに十数年の人生を経験した。

それはレムリア国の幼き王女殿下、フィオナの人生だった。

リゼルにとっての友好国であるレムリアの象徴、剣姫として育てられたお姫様。

祖父の後を継いで女王になるはずだった彼女はけれど、従兄(いとこ)であるアルヴィン王子の裏切りに遭って失脚し、その末に儚(はかな)く命を散らした。

いや、散らしたはずだった——というべきだろう。

なぜなら、いまここにアイリスとして新たな人生を送っているからだ。その事実に混乱しつつも、アイリスは必死に頭を働かせた。

アイリスが思い出した記憶と歴史を照らし合わせた限り、フィオナの失脚はまだ何年も先の話である。アイリスは自分が過去の他人に転生した可能性に思い至った。

そして、目の前にいる青年こそがフィオナを裏切った従兄だ。

「なぜ、こんなところに……」

「俺はたまたま居合わせただけだ、それより、なぜ俺を兄と呼んだ？」

「し、失礼いたしました、アルヴィン王子」

「ほう、俺のことを知っているのか」

（うくっ。失敗したわね。少し落ち着きましょう）

賢姫と呼ばれるアイリスではあるが、唐突に前世の記憶を思い出すという現状を受け入れるのが精一杯で、目の前の裏切り者に対する判断が追いついていない。

一度だけ深く呼吸をした彼女は、背筋を正してアルヴィン王子を見上げた。

「夜になお煌めくブロンドの髪に、強い意志を秘めた青い瞳。なにより、お姿を目にした令嬢全てを魅了しそうな美青年はこの会場に二人とおりませんもの」

「令嬢全てを魅了するというわりに、おまえは平気そうだが？」

「それはまぁ……」

前世で見慣れている上に、自分を裏切って破滅させた仇敵だ。恐怖に目を逸らすならともかく、その容姿に見蕩れることなどあろうはずもない。

――などと言えるはずもなく、アイリスは穏やかな愛想笑いをもって誤魔化した。ちなみに、これは前世の彼女――フィオナの記憶を思い出した影響である。

いままでのアイリスは、愛想笑いなどめったに浮かべなかった。

「……ふむ。それで、なぜ俺を兄と呼んだ？」

その言葉にアイリスはドレスの裾を握り締めた。

アイリスの知るアルヴィンは優秀で、そのうえ好奇心が強い。彼の興味を引いてしまっては、前世に続いて破滅させられるかもしれない。

(上手く彼の興味を逸らさなくては――いえ、ちょっと待って。わたくしが本当に過去に戻ってアイリスとして転生したのなら、前世のわたくしフィオナはいまどうなっているの？)

素早くいくつかの可能性を思い浮かべ、それを確かめるために探りを入れる。

「……それは、アルヴィン王子には愛らしい従妹がいらっしゃると伺ったからです」

「フィオナのことか？　それとなんの関係がある」

(やはり、前世のわたくしが別人として存在している！)

驚くべき事態ではあるが、予測した結果でもある。

もはやアイリスには確認のしようがないことではあるが、おそらくフィオナとして暮らしていた前世では、この国に別のアイリスが存在していたはずだ。

いまのフィオナが前世のアイリスなのか、それとも別のフィオナなのかは分からない。けれど、フィオナが存在する以上、かつてのアイリスが受けた裏切りは繰り返される。

このままでは、あらたなフィオナがアルヴィン王子に破滅させられる。

あらたなフィオナはいまの自分にとっては赤の他人だし、追放されてから死ぬまでの数年は自由で、決して辛いことばかりではなかった。

けれど、慕っていた従兄に裏切られた狂おしいほどの痛みは誰よりも知っている。

(叶うなら、前世のわたくしを救いたい)

未来を知るアイリスにしか出来ないことだ。

それに前世の記憶が確かなら、これから両国にとって良くないことが立て続けに発生する。

それを未然に防ぐにはレムリア国にいたほうが都合がいい。

だから――

「おい、聞いているのか？」

「失礼いたしました」

「俺は理由を訊いているんだが？」

「わたくしが貴方を兄と呼んだ理由。それは……」

一度そこでタメを作り、かつての仇敵の視線を受け止める。そうして充分に彼の興味を引いたアイリスは、人差し指を唇に押し当てて――

「秘密、です」

人を食ったように、それでいて艶やかに笑う。

多くの殿方を虜にしそうな魔性の微笑みを前に、けれどそうして己に近付く数多の令嬢に辟易しているアルヴィン王子は目を細めた。

「……そんなことで誤魔化せると思っているのか？」

「誤魔化すつもりなどございません。ただ……答える気がないだけですもの」

「……ほう。俺の正体を知ってなお、そのような口を利くか」

軽い殺気に晒される。並みの令嬢であればそれだけでへたり込むであろう殺気を受けながらも、アイリスは悠然とした微笑みを崩さない。

アイリスの知るアルヴィン王子は好奇心が強い。

だが、兄と呼んだ程度でそれほど注意を引けたとは思っていない。彼とお近付きになりたい令嬢は星の数ほどいて、気を惹くためにあの手この手を使っている。

お兄様と呼んだ女性も他にいるだろう。

（でも、いまの殺気を受け流す令嬢は初めてのはずよ。フィオナなら受け流せるでしょうけど、お兄様はフィオナにそのような殺気を向けたことないものね）

あえて浅はかな令嬢を演じ、アルヴィン王子の殺気を引き出した。その殺気を受け流すことで、剣姫を従妹に持ち、自らも剣の達人である彼の興味を引く。

目的は、彼に取り入ってレムリアへ渡ること。

幸いにして、婚約を破棄されたアイリスは自由の身だ。賢姫との婚約を破棄するという王太子殿下の愚行を盾にすれば、醜聞から逃れる名目で他国に渡る程度は為し遂げられる。

父親を説得してレムリアに渡る許可を得る算段はついている。ゆえにこの件の成否は、この仇敵——アルヴィン王子の興味を引けるかどうかに掛かっている。

　果たして、彼は殺気を収めてニヤリと笑った。

「なるほど、さすがは賢姫ということか」

「あら、わたくしをご存じなのですか？」

「限りなく銀に近いプラチナブロンドの髪に、幻想的なアメシストの瞳。数多の男を魅了する容姿を持つ娘などこの国に二人といまい。アイリス・アイスフィールド。この国を代表する公爵家の娘で、最年少で精霊の加護を得た希代の賢姫だろう」

「あら、王子がそのような世辞を口になさるとは思いませんでした」

　まるでアイリスが口にした賛美の使い回し。さきほどのお世辞を揶揄されていることに気付いたアイリスは、それをあえて社交辞令として受け流す。

「……ふむ、笑わない賢姫と聴いていたが、たしかにあまり愛想がないな。俺を兄と呼んだときの笑顔は素直に美しいと思ったのだが……もう一度笑うつもりはないか？」

「もちろん、楽しいことがあれば笑いますよ？」

　挑みかかるように、勝ち気な瞳を王子に向ける。

　アルヴィン王子は——というか、レムリアの王族は基本的に脳筋なのだ。彼の好奇心をくすぐるように挑発すれば、戦いを挑んでくるに違いないというもくろみがあった。

　そのもくろみ通り、隣国の王子は「面白い」と笑うが——

「では、俺と一曲踊ってもらおうか」

差し出された右手を見て、なんだか思っていたのと違うとアイリスは首を傾げた。

2

もくろみ通りに興味を引いたまでは良かったが、なぜか仇敵であるアルヴィン王子と踊ることになったアイリスは、どうしてこうなったのかと困惑していた。

そうして困惑しているうちにエスコートされて、ダンスホールへと連れてこられた。

華やいだダンスホールを照らし出すいっそう煌びやかな魔導具の明かり。その一つがアイリス達へと降り注ぎ、二人の存在を浮かび上がらせる。

金（ブロンド）の貴公子と白金（プラチナ）の貴婦人。

両国を代表するかのような美男美女の登場に、周囲の者達の注目が集まっていく。

「お手をどうぞ、お嬢様」

アルヴィン王子がホールドの構えを取った。

それを見たアイリスは、なぜ自分を破滅させた相手と踊らなくてはいけないのかと葛藤（かっとう）する。

だが、彼に取り入ることでレムリア国に渡る道が開けるのもまた事実。

意を決してアルヴィン王子の懐（ふところ）に飛び込んだ。

触れ合った部分を通して伝わる熱にアイリスの琴線が刺激される。懐かしくて恨めしい。そんな不思議な感覚を抱きながらアルヴィン王子を上目遣いで睨みつけた。

アルヴィン王子はまず、ベーシックなリードを示す。クローズドチェンジから入ってナチュラルターン、リバーススターンと続く王道のフィガー。

かと思ったら、続けてセオリーを無視したフィガーに繋げる。

ダンスは基本的に、男性のリードを女性がフォローしてステップを踏む。男性のリード次第で、どのようなステップを、どのようにでも組み合わせられるということだ。

けれどそれが出来るのはほんの一握りの者だけ。

ダンスには決まった順に足を運ぶステップがあり、様々なステップを組み合わせたフィガーがあり、またそのフィガーを組み合わせたルーティーンが存在する。

つまりクローズドチェンジから入れば、次はナチュラルターン、もしくはナチュラルスピンターンといったように、ある程度のセオリーが存在するのだ。

だが、アルヴィン王子はそのセオリーを無視したルーティーンを組んでいる。

(わたくしが何者か、これはお兄様からの問いかけですね)

アアイリスがどのような性格なのか、どのようなダンスを好むのか探っているのだ。だからアイリスはそのリード全てに完璧なステップで応えて見せた。

自分には苦手な構成なんてない。

どんな組み立てでも完璧に踊って見せるという意思表示だ。

もしそれを言葉にすれば不遜と取られかねない。けれどアイリスはよどみなくステップを踏んで、アルヴィン王子のリードを華麗にフォローする。

アルヴィン王子の口元がニヤリと吊り上がった。

アイリスはピリリと張り付く気配を感じ取った。刹那、アルヴィン王子が示すリードの難易度が跳ね上がった。上級のバリエーションは序の口で、セオリー無視の組み立てが続く。

なにより、一歩一歩の歩幅が大きい。

アルヴィン王子は二十歳で、アイリスは十八歳。アイリスの身長は決して低くはないが、音楽に合わせてステップを踏む以上、一拍で移動できる距離には限界がある。

だが、アルヴィン王子は限界など知ったことかとばかりに大きなステップを踏む。

(大きい……けど、いまのわたくしならついていける)

普通の令嬢であれば——否、アイリスでも以前なら足をもつれさせていただろう。それくらいに激しいステップで、武術の経験でもなければついていけない。

けれど、いまのアイリスは賢姫であるだけでなく、剣姫としての記憶も併せ持つ。剣姫ほど鍛えていないために身体能力では前世に遠く及ばないが、その足運びは達人のそれだ。

アルヴィン王子の無茶な要求に、楽しげな笑顔すら浮かべてみせる。

続けて、アルヴィン王子がさらに意地の悪いリードを示し始めた。あえて初動に溜めを作ってリードを分かりにくくして、ついてこれるかと挑戦状を叩き付けてくる。

それはまるで、剣での模擬戦を繰り広げているかのようだ。

(前世のわたくしはお兄様に及ばなかった。だけど――)

実のところ、剣姫であるフィオナもアルヴィン王子には及ばない。彼より六つ年下であることが最大の理由だが、彼の動きの速さに反応が追いつかなかったのだ。

だが、いまのアイリスは彼の動きに反応できている。鍛え方では完全に劣っているが、ポテンシャルは前世の身体より上のようだ。

アイリスはその反応速度を生かして、アルヴィン王子のリードに追随する。

クルリとターンを決めるアイリスのプラチナブロンドが舞い広がり、シャンデリアの明かりを受けてキラキラと煌めいている。

その光景に見蕩れる男達が溜め息を零すが、アルヴィン王子も負けてはいない。

完璧なリードでアイリスを輝かせつつ、そして自分を見ろとばかりにステップを踏む。その整った顔に浮かぶ笑顔に女性から黄色い声が上がった。

至高のダンスを繰り広げる二人は、周囲の視線を惹きつけてやまない。

他のどの組よりも情熱的で、それでいて優雅。ダンスホールの主役となった二人は、けれど更なるステージへと駆け上がる。

アルヴィン王子がこの国には存在しない、レムリア国のステップをリードで示したのだ。

アイリスが知らないはずのステップ。けれどアイリスはよどみなくそのステップを踏んでいく。エキゾチックなステップに周囲がどよめいた。

「なぜおまえが我が国のステップを知っている？」

「いいえ、知りません。ただアルヴィン王子のリードが優れているだけです」

「抜かせ」

笑顔で挑発するアイリスに、アルヴィン王子もまた笑顔で切り捨てた。

美しいリードとは、わずかな重心移動などで相手に意思を伝える。ゆえに女性が上手くフォローすれば、知らないステップでも踏むことが出来る。

――理論上は。

知らないルーティーン、もしくは知らないフィガーであれば、相手のリードを読み取って併せることも、ダンスの上級者であれば不可能ではない。

だが知らないステップを踏むのは次元が違う。その一歩一歩で、どこに、どのように足を動かせばいいのか、その動き全てをリードから読み取って踊る必要がある。

そんなことは不可能――とは言わない。

事実、前世の記憶を取り戻したアイリスはその域に達している。これが本当に未知のステップだったとしても、アイリスはそのステップを踏んで見せただろう。

だが、アイリスはたった一度だけ、リードよりも早くステップを踏んだ。まるで、わたくしはこのステップを知っていますよ――と言わんばかりに。

　そのくせ、アルヴィン王子になぜこのステップを知っているのかと問われたら、リードの通りに踊っただけだと返すのだから、人を食った態度にもほどがある。

「アイリス、おまえの目的はなんだ？」

「あら、どうしてそのように警戒されているのでしょう？」

　そう問い返したアイリスこそが誰よりも王子を警戒している。

　会場中の注目を集めるほどの一体感を見せつけながら腹の探り合いを始める。ダンスのレベルを一切落とすことなく、アイリスは挑むように笑いかける。

「俺に関わりたくないのなら、最初から興味を惹かないようにすればいい。おまえならそれが出来るはずだ。なのにそうしないのは、俺の興味を惹きたいから……違うか？」

「さすがはアルヴィン王子ですね」

　ふわりと微笑んだ。

　笑わない賢姫の無邪気な笑顔に周囲から「あれは誰だ」といった主旨のざわめきが上がるが、アイリスは気付かないフリをする。

「それで、なにが目的だ？　ダンスの腕に免じて話くらいは聞いてやろう」

（思っていた展開とは違うけど、食いついてくれましたね）

　彼は話を聞くと言っただけで、望みを叶えるとは言っていない。

だが、それはアイリスにとって問題にならない。彼が餌に食いついた以上、後は上手く釣り上げるだけ、なのだから。

「わたくしを雇ってください」

返事はなくて、アルヴィン王子の示すリードにわずかな乱れが生じた。彼でも動揺することがあるのだなと、そんな当たり前を今更に実感したアイリスはまた少し笑みを零す。

「おまえは賢姫だろう」

「立ち聞きしていたのでしょう？　婚約を破棄されたいまのわたくしは自由です」

いや、そんなことはない――と、賢姫をよく知らず、けれど貴族をよく知る者なら思っただろう。だが、賢姫を縛り付けていたのは王太子殿下との婚約。

その鎖が断ち切られたいま、アイリスを止める枷はない。

「賢姫のおまえがメイドにでもなると言うのか？」

茶化すような問い掛け。

それもありかもしれないとアイリスは思っている。自分を破滅させた裏切りの王子。彼に仕えるのなら、その裏切りを阻止することが出来るかもしれない。

だが、アイリスの本命はそれじゃない。

「フィオナ王女が教育係を探しているそうですね」

「なぜそのことを知っている……と、聞いても無駄なのだろうな」

どこか諦めたアルヴィン王子の態度がおかしくて、アイリスはクスクスと笑った。

だが、同時に相当なプレッシャーも感じていた。彼がフィオナを次期女王の座から引きずり下ろそうとしているのなら、優秀な教育係は邪魔になる。

アイリスの申し出は竜の尾を踏んだかもしれない。

だが、アイリスはアルヴィン王子のことをよく知っている。不確定要素は手元に置いて監視する。そのくらいのことはやってのけるはずだ。

「……いかがですか？」

「教育係、か。あまりに情熱的な眼差しを向けてくるから、てっきり俺の婚約者になりたいとでも言うかと思ったのだがな、少し残念だ」

アイリスが初めてステップを乱した。

「ふっ、おまえでも動揺することがあるのだな」

「……ご冗談を。最初に雇っていただきたいと言ったではありませんか。そもそも、わたくしは婚約を破棄されたばかりの傷付いた乙女ですよ？」

「……おまえが傷付いたりするのか？」

「ぶっとばしますよ」

素の感情が零れる。

もともと整った顔立ちであるがゆえに、アイリスの怒った顔には相応の迫力があった。だが、それを見たアルヴィン王子は隠すことなく笑い声を上げた。

「笑わない賢姫も一皮剝けばなかなかどうして表情が豊かではないか。気に入った。国とのしがらみを断ち切れると言うのなら、フィオナの教育係として推薦してやろう」

「もちろん、王子のお手を煩わせるようなことはいたしません」

ダンスのフィニッシュを決めて、一歩離れたアイリスはアルヴィン王子に深々と頭を下げる。

こうして、アイリスはレムリア国への入国許可をもぎ取ることに成功した。

そして――

「……アイリス。そなたがザカリー王太子殿下をこっぴどく振ったという噂はまことか？」

屋敷に戻ったアイリスは、父――アイスフィールド公爵からそのように詰問された。

3

「わたくしがザカリー王太子殿下をこっぴどく振った、ですか？」

父親からの予想外すぎる詰問に、アイリスはらしくもなく聞き返してしまう。

事実はザカリー王太子がアイリスに婚約破棄を申し渡した、だ。アイリスが手ひどく振られたと中傷されるのならともかく、手ひどく振ったとはどういうことか。

「そのような根も葉もない噂を信じるなんてお父様らしくありませんわ」

「……ふむ。ではそのような事実はない、と？」

「ザカリー王太子殿下との婚約は破棄されました。ですがそれは、ザカリー王太子殿下から申し渡されたこと。決して、わたくしが貴族としての責務から逃げた訳ではありません」

婚約を破棄されるという不名誉よりも、責務から逃げたと思われることを嫌う。

　これがアイリスの価値観である。

　もっとも、今回に限っていえば、公爵が追及するべきなのはそこではない。

「ザカリー王太子殿下に婚約を破棄されたと言ったか？」

「はい。しかとこの耳で本人の口から伺いました。正式な通知は後ほどでしょうが、これは決定事項だとお考えください」

「つまり、振られた当てつけに別の男とダンスを踊ったということか？」

「……はい？」

　なんてことはない。

　アイリスに別れを告げたザカリー王太子は、アイリスとの婚約を破棄したと周囲に吹聴した。

だが、王太子が賢姫との婚約を破棄するなど前代未聞の暴挙だ。

　これは一体どういうことか——と、皆が頭を抱えたそうだ。

　そこに現れたアイリスが、隣国の王子とダンスを踊り始めた。しかも笑わない賢姫と揶揄されている彼女が、明らかに楽しそうに笑っていた。

誰がどう見てもお似合いの二人で、アイリスが王太子に振られたようには見えない。

――結果、その場にいた者達は次のように理解した。

そうか、賢姫との婚約を破棄したというのはザカリー王太子殿下の強がりで、実際に振られたのはザカリー王太子殿下のほうなのだな――と。

「わたくしが賢姫としての責務を放棄したと思われるのは心外です。後でザカリー王太子殿下に抗議してもよろしいでしょうか？」

「傷口に塩を塗るのはやめておきなさい」

辟易した顔で忠告され、アイリスはコテリと首を傾げる。

「傷口に塩を塗られる程度、彼の自業自得ではないですか。それより、噂を放っておけばわたくしだけでなく、アイスフィールド公爵家の悪評に繋がるのではありませんか？」

「振ったのは自分だと、ザカリー王太子殿下がしきりに騒ぎ立てているそうなので問題あるまい。あまりに騒ぐので、自室での謹慎処分を申し渡されたという話だぞ」

アイリスは言外に含まれる意味を正確に読み取った。

国の象徴である賢姫を手放すのはあまりにも愚かで、王族が賢姫を手放したなどという噂が広まれば陛下の政権を揺るがしかねない。

ゆえに、陛下はいまある噂を利用することにした。王太子が振られた側であるという噂に真実みを持たせて、国家としてのダメージを軽減しようとしているのだ。

状況を把握したアイスフィールド公爵は即座にそれに対応し、話を合わせることで王家に恩を売る、という算段を立てたらしい。

「わたくしには、傷口に塩を塗るのはやめろとおっしゃったばかりですのに。お父様は傷口をえぐるような真似をなさるのですね」

「陛下に手を差し伸べて恩を売るだけだ。とどめを刺しにいくおまえと一緒にするな」

「そうでしょうか？」

振ったのは自分で、振られた訳ではないとザカリー王太子が騒げば騒ぐほど「王太子殿下はこのように傷付いておられるので、そっとしておいてください」と逆に周囲を誤解させるのだ。国家としてのダメージは緩和されても、ザカリー王太子のプライドはズタズタだろう。それに、矢面に立たされたザカリー王太子は切り捨てられたも同然だ。

（でも、わたくしにとって悪い話じゃありませんね）

「そなたが責務を放棄したと周囲に思われることには申し訳なく思うが――」

アイスフィールド公爵は口を閉ざした。アイリスが不満を滲ませるどころか、珍しく機嫌がよさそうな素振りを見せていることに気付いたからだ。

「……なにを企んでいる？」

「いえ、わたくしが振ったにしろ、振られたにしろ、当事者であるわたくしがこの国に居続けるのは、王族にとって都合が悪いのではないか、と思っただけです」

「……つまり、そなたはアルヴィン王子のもとに嫁ぐのか？」

「はい？　アルヴィン王子といいお父様といい、なぜそのような勘違いをするのでしょう？」

「アルヴィン王子が勘違いをした、だと……？」

公爵の言葉は、アイリスの踊った相手を知っていたがゆえの軽口だった。

ゆえに予想外の答えが返ってきたことに公爵は困惑したのだが、アイリスにとってはどうでもよいことである。きっぱりハッキリ「それはあり得ません」と否定する。

前世の自分を追い落とした裏切り者に嫁ぐなど業腹（ごうはら）なのだ。

「わたくしが望むのは、フィオナ王女の教育係です」

「……いや、それは無理であろう？」

反射的に否定したアイスフィールド公爵だが、本当に無理だろうかと考えた。

たしかに、賢姫が他国の姫の教育係になるなど普通に考えたらあり得ない。だが、王太子が賢姫との婚約を破棄することだって普通に考えたらあり得ない。

それに、賢姫の称号を持つ者には一定の自由裁量が許される。

アイリスの場合、王太子に嫁ぐ以外は自分の意思で行動することが許されていた。ゆえに、相手の都合で婚約を破棄されたいま、彼女を縛る鎖は存在しない。

賢姫としての責務という鎖から解き放たれたアイリスがなにをするかは彼女の自由だ。残されたのは、レムリア国が受け入れるのかという問題だが……

「まさか……？」

「はい。アルヴィン王子には快諾していただきました」

アイスフィールド公爵の口から乾いた笑いが零れた。

「ずいぶんと動きの速いことだ。以前からそうするつもりだったのか？」

「いえ、そういう訳ではありません」

「だが、ザカリー王太子殿下が愛人を作っていたことは摑んでおったのだろう？」

「摑んではいましたけどね」

賢姫の責務として婚約を受け入れたが、ザカリー王太子に対して恋愛感情はない。ゆえに、ザカリー王太子が愛人を作ることをアイリスが嘆く理由もない。

ただ王太子の愛人であるヘレナは男爵令嬢で、第一王妃になるには身分が足りない。

ゆえに、アイリスは自分が第一王妃として責務を果たし、第二王妃あたりに据えたヘレナにザカリー王太子を満たしてもらおうと考えていた。

それがまさか婚約破棄になるとは、さすがのアイリスも期待していなかった。

「賢姫であるそなたの判断だというのなら、陛下にも引き止めることは出来ぬであろう。わしも、あのぼんくら王太子に嫁がせるよりは気が楽だ」

「……お父様、いくらなんでも口が過ぎますよ？」

親子の会話とはいえ、言って良いことと悪いことがある。

たとえ心の中で思っていようとも、たとえそう言っているも同然の言葉を吐こうとも、言質（げんち）を取られるような言葉を口にしないのが貴族である。

だが、よほど腹に据えかねているのか、彼は「事実だ」と続けた。

「そなたを手放すなど愚か者のすることだ。……もっとも、今回はそれがそなたにとって望む結果だったようなので、婚約破棄を取り消させるつもりもないが、な」

「では、わたくしが隣国に渡ることを、お父様はお許しくださるのですか？」

「許すもなにも、いまのそなたを止める権限をわしは持ち合わせておらん。それに二度と戻らぬつもりではないのだろう？」

「もちろんです。それと……権限はなくとも影響力はございますよ」

目を細めて微笑む。

初めて見る娘の柔らかな微笑みに、アイスフィールド公爵はしばし目を奪われた。

「わしに影響力があるとは……どういうことだ？」

「だって貴方は、わたくしの尊敬するお父様ですもの。わたくしを心から愛し、大切に育ててくれたお父様の言葉なら、わたくしは無下にいたしません」

「王太子との婚約を強要したわしを、そなたは嫌っているものと思っていたが……」

「まぁ、そのようなことはありません。たしかに利害の相反で対立することもございましたが、わたくしにとっては尊敬するお父様ですもの。嫌うことなどありませんわ」

「そ、そうか……っ」

アイリスには自覚がないが、いままでの彼女はこんなふうに愛情を表に出さなかった。このあたり、確実に無邪気なフィオナとしての記憶が影響を及ぼしている。

　フィオナは幼くして両親を失っているために、父に対する愛情は特に大きくなっている。加えて、笑わない賢姫が柔らかに微笑むものだから、その破壊力もすさまじい。

「困ったことがあれば言いなさい。アイスフィールド公爵家の当主としてではなく、そなたの父として、いつでもおまえの力になると約束しよう」

　アイリスは目を見張った。

　その言葉はつまり、公爵家の責務よりも娘への愛情を優先するという宣言に他ならない。感極まったアイリスは、公爵の胸へと飛び込んだ。

「お父様、ありがとうっ」

「う、うむ。陛下の説得も任せておくがよい。だから、気を付けて行ってくるのだぞ」

　愛娘のストレートな愛情表現に、アイスフィールド公爵家の当主は陥落（かんらく）した。こうして、公爵の協力を得た賢姫の出国許可は驚くほどあっさりと下りた。

　向かうはレムリア。前世の自分が暮らす国である。

エピソード2

レムリアでの新たな生活

1

失われた歴史の中で、フィオナはアルヴィン王子の裏切りによって追放された。

蝶よ花よと育てられた王女であれば三日と持たずに行き倒れていただろう。だが剣姫として育てられた彼女は、戦場で生き抜くだけの知識技術を身に付けていた。

剣姫としての能力を活かして冒険者となった彼女は、各地を旅していた。

それは、幾たびか季節が巡る長さ。

そして最後の一年ほどはとある隠れ里で過ごしていた。剣姫や賢姫、精霊の加護を得し者達にとっては聖地とも言えるその地で、フィオナは友人と呼べる者達を得る。

だけど――

「私が敵を食い止めるから、そのあいだに貴方達は子供達の避難をっ!」

「フィオナ、一人で無茶をするなっ!」

「いいから、みんなは子供達を逃がして! 魔物の別働隊がいないとは限らないんだよ!」

隠れ里に押し寄せた魔物の群れを前にフィオナが叫ぶ。

放っておけば、里の者達は皆殺しにされてしまうだろう。その惨劇を回避するべく、フィオナは単身で魔物の群れへと斬り込んだ。

剣姫としての力。そして里で手に入れた新たな力を頼りに、フィオナは襲い来る魔物を一体、また一体と斬り捨てていく。

あたりはむせ返るような血の臭いと魔物の死体。

――そして、それがちっぽけに見えるほどにおびただしい数の敵の増援。その魔物の群れと斬り結ぶさなかで彼女の記憶は途切れている。

リゼル国からレムリア国へと続く街道。

アイリスは貴族仕立ての馬車でガタゴトと揺られていた。

アイリスが王太子殿下から婚約破棄を申し渡されてから数日と経っていない。恐ろしいほどの手際で陛下の許可をもぎ取り、アルヴィン王子の一行に同行させてもらったのだ。

なお、出発の前の出来事。

非公式に陛下に拝謁した謁見の間。国の象徴たる賢姫を隣国へ旅立たせると、アイスフィールド公爵から聞かされた陛下はいっそ哀れであった。

謝罪は当然として、王族が賢姫を蔑ろにすることなど決してあり得ない。王太子の婚約破棄はなにかの間違いなので、国を出るのは思いとどまって欲しいとアイリスに懇願する。

陛下は玉座に座っておらず、アイリス達と対等に立って向き合っている。異例の状況で、それだけ陛下が事態を重く見ていることが理解できた。

だがそこに自室で謹慎していたはずのザカリー王太子殿下が乱入してきた。

彼は謝罪するどころか「俺が婚約を破棄したんだ、振られた訳じゃない！」と捲し立て、その場の空気を大いにしらけさせる。

直後、彼は陛下自らの手によって床の上に頭を押しつけられた。

「痛い、父上、なにをするんだっ!?」

「ええい、黙れ。――アイリス嬢、息子が申し訳ないことをしたっ！　このバカ息子と復縁をなどとは言わぬ。どうか、どうかリゼル国を見捨てることだけは思い直してくれ！」

もはやなにかの間違いなどという言い訳が通用しないと理解したのだろう。

陛下は王太子殿下の横で自ら頭を下げた。

だが、それも無理からぬことだ。

剣姫と賢姫はこの大陸を二分する両国の象徴である。

だが、陛下の世代に賢姫は生まれなかった。ようやく現れた賢姫が国を捨てる、それも剣姫のいる国に渡るなどとなれば、王に対する国民の信頼は失墜するだろう。

必死に頭を下げる陛下を前に、おまえが決めろと、アイスフィールド公爵がアイリスにその場を譲った。アイリスはそれに応じて一歩前に出ると、陛下と王太子殿下を見下ろす。

「賢姫は王太子に別れを告げ、レムリア国との友好を結ぶための大使となることを選んだ。そういうことにいたしましょう」

　国を捨てる訳ではなく、リゼルを思ったがゆえにレムリアへと渡る。そういう筋書きであれば、リゼル国もアイリスもダメージを最小限に抑えられる。

　むろん、ザカリー王太子殿下のことは考慮されていない。

　王太子殿下は異論を挟もうとしたが、頭を押さえつける陛下がそれを許さなかった。陛下はもう一度ザカリー王太子殿下の頭を床に押しつけると、自身も再び頭を深く下げた。

「そなたの温情に心から感謝する」

　――とまあ、そんなこんなで、アイリスは出国の許可を取り付けた。そうして、いまはアルヴィン王子と共に馬車で揺られている。

　街道とはいえ、国を繋ぐ街道は土が踏み固められただけ。悪路と言っても差し支えはなく、アイリスは文字通りガタゴトと揺られていた。

　そんな旅がもう十日ほど続いている。

　アルヴィン王子に同行する騎士や使用人達ですら辟易するほどの旅路。公爵令嬢であるアイリスは真っ先に音を上げると思われていたが、彼女は平気な顔で過ごしている。

　――というか寝ていた。彼女が眠る姿を、同じ馬車に乗っているアルヴィン王子やそのお付きのメイドが呆れた顔で見つめている。

　だが、さすがにこの揺れでは夢見が悪いのか、その整った眉が寄せられている。それに気付いたアルヴィン王子が手を伸ばしてアイリスの髪に触れる。

顔にかかっている髪を指先でそっと払った。その瞬間、アイリスがパチリと目を開いた。

「……ぶっとばしますよ？」

「せめて事情を聞け、事情を」

アルヴィン王子がこめかみをひくつかせた。

「分かりました。ぶっとばしてから事情を聞きます」

「物騒な。うなされていたから心配しただけだ」

「うなされて……？　あぁ……それはお見苦しいところをお見せしました」

前世の死に際を夢見ていた。

フィオナにとって、隠れ里は第二の故郷も同然だった。果たして、自分はあの仲間達を守ることが出来たのだろうかと考え――すぐに詮無きことだと結論づけた。

なぜなら、アイリスの転生で歴史は巻き戻っている。フィオナが追放されるのはまだ先の話で、あの襲撃もまだ起きていない。

(それまでに約束を果たしに行かなくてはいけないわね)

隠れ里には大切な仲間達がいるというだけではない。この大陸にとっても非常に重要な聖地で、決して失う訳にはいかない技術も保存されている。

フィオナの件が落ち着いたら顔を出す必要があるだろう。

「ところで、おまえはずいぶんと旅に慣れているようだな？」

「いいえ、馬車での長旅は初めてです」

アイリスに生まれ変わってから長旅をするのが初めてなのは事実。

それに前世で長旅をしていたのはアルヴィン王子に追放されたからに他ならない。そのアルヴィン王子に旅に慣れていると指摘されるなど、皮肉以外のなにものでもない。

返事が素っ気なくなるのも無理はないだろう。

もっとも、いまのアルヴィン王子にはまるで身に覚えのない話である。彼はアイリスの不遜を許しているが、お付きのメイドは不満気な顔を隠せなくなってきている。

メイドが口を開こうとするが、その前に馬車が緩やかに停車した。

馬車による移動は身軽な人が歩くよりも少し速い程度。馬も数時間に一度は休ませる必要があるので、意外に停車する回数が多い。

休憩にも慣れたもので、アルヴィン王子は少し散策してくると馬車を降りた。それにお付きのメイドがお供を申し出るが、おまえは馬車で休んでいろと指示を出す。

そうして、彼は幾人かの護衛を引き連れて馬車から離れていった。

（さり気ない気遣いが出来るのは変わらないんですね）

このあたりは国境。野盗の類いが潜んでいる可能性もあるし、森や山から出てきた魔物がうろついている可能性も零ではない。

危険からアイリス達を護るために、アルヴィン王子は率先して見回りをしているのだ。それを散策などと言ったのは、アイリス達を不安にさせないためだろう。

(というか、国境？　なにかが引っかかって……そうだ、たしかこのとき――)

前世の記憶を掘り返し、従兄がリゼル国のパーティーに参加したときのことを思い返す。その記憶と同じ日程なら――と、アイリスは周囲を見回した。

少し離れたところには川があり、その川沿いに林が形成されている。そちらから吹き抜ける風に鼻を鳴らし、アイリスは皮肉めいた笑みを浮かべた。

「アイリス様、どうかなさいましたか？」

「いいえ、なんでもありません」

答えてから顔を向ける。

声を掛けてきたのは馬車に同乗していたメイドのクラリッサ。深い緑色の髪を後ろで纏めた彼女はアルヴィン王子よりも少しだけ年上で、下級貴族のご令嬢だ。

「そうですか？　私は水を汲みにまいりますが、アイリス様はどうなさいますか？」

「わたくしは……いいえ、わたくしもついてまいります」

思うところがあってクラリッサに同行を申し出る。そうして彼女と共に水場――街道の脇に流れている川の岸へと足を運んだ。

「水量には特に問題はないようね」

川の様子を見ていたアイリスがぽつりと呟いた。前世の記憶から、この年にレムリア国の一部で大規模な干ばつが発生することを踏まえての発言である。

「アイリス様、なにをなさっているのですか？」

「少し確認を、ね。それよりもクラリッサ、そのようにかしこまる必要はありませんよ。いまのわたくしは貴女の同僚のようなものですから」

王子の専属メイドと王女の教育係。どちらが上ということはない。あえて言うのなら、先輩であるクラリッサに軍配が上がるだろう。

だが、アイリスは公爵令嬢であり、フィオナ王女と対の存在である賢姫でもある。

ゆえに、クラリッサに対等を押しつけるのではなく、いまは同僚だからかしこまる必要はないと配慮するに留めた。

そしてクラリッサもまた、その手の機微（きび）を読み取る能力は持ち合わせている。

「それではアイリスさんとお呼びしても？」

「ええ、もちろんです。それに……先達の意見には耳を傾けるつもりです」

馬車でなにか言いたそうにしていたことには気付いている。ゆえに、なにかわたくしに言いたいことがあるのでしょう——と水を向けた。

その意図は正しく伝わったようで、クラリッサは少しだけ迷う素振りを見せる。

川辺に風が吹き抜け、川の水を飲んでいた馬が嘶（いなな）いた。

その鳴き声に後押しされたのか、彼女は意を決したように口を開く。

「では恐れながらお尋ねします。フィオナ様の教育係に名乗りを上げた理由はなんですか？」

アイリスの眉がピクリと跳ねた。クラリッサはアルヴィン王子の専属メイド。フィオナを追い落とした計画に加担しているかもしれないと警戒する。

「……なぜ、そのようなことを聞くのですか？」

「フィオナ様はアルヴィン様の大切な従妹。とてもまっすぐで優しいお方です。ですから、もし生半可な覚悟で名乗りを上げたのなら、フィオナ様を傷付ける前に辞退してください」

アイリスは軽く目を見張った。いくらアイリスが意見を聞くと促したとはいえ、そこまでハッキリ言い切るとは思わなかったからだ。

あるいは、アイリスが権力を振りかざして反論するのも覚悟の上での発言だろう。

（まさかお兄様の専属メイドがこんなふうに思ってくれていたなんてね。でも、わたくしは彼女のことをあまり知らない。どうして……あっ！）

もともとフィオナとクラリッサの接点は少なかった。

だが、クラリッサのことをよく知らないのにはもっと根本的な理由があった。この時期を境に、クラリッサを見かけなくなったからだ。

アルヴィン王子のお付きは、いつの間にか別のメイドに変わっていた。

「クラリッサ。わたくしは貴女が気に入りました」

「……それは、答えになっていません」

「あら、そうでしたね。もちろん、フィオナ王女殿下を傷付けるつもりはありません」

むしろ全力で育てます——とはもちろん口に出さない。代わりに近くの林へと視線を向け、わずかに納得するような素振りを見せる。

だがクラリッサはそれに気付かずに話を続けた。

「フィオナ様の教育係に名乗りを上げたのは半端な覚悟ではない、と？」

「もちろんです。ですが、いくら言葉を重ねたところで信頼は得られないでしょう。ゆえに、行動をもって示すことにします。まずはフィオナ王女殿下の行く末を憂うクラリッサ——」

足場の悪い川辺を駆けてクラリッサに詰め寄り、腰に手を回してぐいっと抱き寄せる。驚きに見開かれたクラリッサの瞳に、凛々しいアイリスの顔が映り込んだ。

「な、なにを……っ」

「——貴女を守ってご覧に入れましょう」

唇が頬に触れそうな距離で囁いて、次の瞬間クラリッサを背後に庇うように身を翻す。同時に振るった右手が紅い魔力の残像を描き、林の隙間から飛来した矢を叩き落とした。

その瞬間、なにが起きたか理解した者は少なかった。アイリスはクルリと身を翻して右腕を振るっただけで、攻撃を防いだように見えなかったからだ。

だが、足下には打ち落とされた矢が存在して、間違いなく弓を放った敵がいる。

「――襲撃だ、伏せろっ！」

護衛の誰かが叫ぶが、それに反応できた使用人はごく一部だけ。続いて林から響く剣戟の音に、使用人達がようやく事態を理解して騒然となった。

驚いたクラリッサがアイリスに詰め寄ってくる。

「な、なにごとですか？」

「森の奥にゴブリンが潜んでいたようです」

「ゴ、ゴブリンですか!?」

クラリッサの瞳が恐怖に染まった。

冒険者にとっては下級に分類される敵でしかないが、とにかく数が多い。もっとも一般人に被害をもたらす相手でもあるので、一般人からは恐怖の対象と見られているのだ。

「このあたりは国境で人が少ないですからね。山か森から出てきたのでしょう」

「なにをのんきな！　すぐに馬車に戻りましょう！」

「落ち着きなさい。貴女はわたくしが護ると言ったでしょう？」

「護られるべきなのは貴女のほうです！」

ぴしゃりと言い放たれる。

賢姫の戦闘力はそこらの騎士に引けを取らない。それを理解しているのかいないのか、メイドの鑑のような対応に、アイリスは彼女の評価を更に一段引き上げた。

「大丈夫です。落ち着いて、よく周囲の音を聞きなさい」

「周囲の音、ですか。……これは」

林の奥から響くのは剣戟の音だ。剣戟は戦う相手がいなければ発生しない。

「分かりましたか？」

「もしかして……騎士達が戦っていらっしゃるのですか？」

「ええ。騎士がゴブリンに後れを取るはずもありません。すぐに終わるでしょう。後は、残党が逃げてくる可能性があるので……」

――と、アイリスが視線を向けたほうから、一体のゴブリンが飛び出してきた。既に手傷を負ってボロボロになった小鬼は、アイリスを見て口の端を吊り上げる。

その醜悪な姿にクラリッサが悲鳴を上げ、アイリスの手を引いて逃げようとする。

だが――

「大丈夫ですよ」

アイリスはクラリッサを片腕で抱き寄せて踏みとどまり、迫り来る敵を見つめる。それがアイリスに飛び掛かる寸前、駆け寄ってきたアルヴィン王子が斬り伏せた。

目前でゴブリンの血潮が撒き散らされてクラリッサが悲鳴を上げる。だが、アイリスは眉一つ動かさず、その様子を平然と見守った。

「二人とも無事か？」

「ええ。わたくしもクラリッサも怪我はありません」

「……そうか、よかった」

不安に彩られていた王子の表情が安堵へと変わっていく。いつもの余裕に満ちた王子然とした表情ではなく、年相応に見える素の表情だった。

（お兄様……こんな顔もするのね）

なんだか調子が狂うと、アイリスは戸惑いを覚えた。だが、当の本人はすぐになにごともなかったかのように取り繕い、剣の血糊を拭って鞘に収める。

「しかし、よく飛んでくる矢を叩き落とせたな」

「ええ、飛んでくるのが見えましたから」

「……見えたら落とせるのか」

平然と答えたアイリスに、なぜかアルヴィン王子は口をへの字にした。

「……アルヴィン王子？」

「いや、なんでもない。俺はもう少し周囲を警戒してこよう。アイリス、クラリッサのことを頼んでもいいか？」

「ええ、お任せください」

「助かる。それと……クラリッサを護ってくれたことに感謝する」

「あら、意外と良い主なのですね」

「意外は余計だ」

アルヴィン王子は笑って、それから護衛の騎士達に指示を出して警戒に戻っていった。それを見送り、アイリスはいまだ放心しているクラリッサに声を掛ける。

「怪我はありませんか？」

「え、あ……はい。アイリスさんが護ってくださったので」

「ならよかったです。さぁ、馬車に戻りましょう」

アイリスが促すが、クラリッサは動かない。

「……クラリッサ？」

「あ、いえ、その……ごめんなさい。足がすくんでしまって」

へなへなと座り込んでしまう。どうやら腰が抜けてしまったようだ。

もしアイリスが助けなければ、クラリッサは射殺されていただろう。前世の記憶の中でクラリッサがいつの間にかいなくなっていたのはきっとそれが理由。

その事実を知らずとも、死を垣間見た彼女が恐怖に身がすくむのも無理はない。

「少し失礼します」

「え――ひゃわっ⁉」

クラリッサがらしからぬ悲鳴を上げた。

アイリスが腰の抜けた彼女をお姫様抱っこで抱き上げたからだ。

「ア、アイリスさん、一体なにをっ⁉」

「馬車まで連れていくので、少しだけ我慢してくださいね」

「え、あ、はい……ありがとうございます」

クラリッサはぎこちなく笑った。

強がっているのは明らかで、アイリスはそんな彼女を抱いたまま馬車へと連れ帰る。座席にそうっと下ろすと、彼女はそのままへたり込んだ。

「……すみません、お世話をお掛けしました」

「いいえ、貴女は非常時でもメイドとしてわたくしを護ろうとした。とても立派でしたよ」

「……はう。その、ありがとう、ございます」

クラリッサがほのかに頬を染めて視線を逸らす。それから我に返って「アルヴィン様は大丈夫でしょうか？」と早口で捲し立てた。

「周囲に敵はもういないようですし、彼なら問題ありません」

「……敵はいない？　そういえば、アイリスさんはどうして攻撃に気付いたんですか？」

「匂いです。風上から襲撃するなんて、さすがはゴブリンですね」

もちろん皮肉だ。だが、林が風上にしかなかったので、ゴブリンが愚かだったとも言い難い。

この辺りはアイリスの要求レベルが高すぎるだけである。

呆気にとられているクラリッサを見て、アイリスは咳払いをする。

「それよりも、さっきの話ですが……」

「さっき？　あ、さきほどは、失礼なことを口にいたしました！」

クラリッサが慌てて頭を下げた。半端な気持ちなら教育係を辞退しろと、アイリスに生意気な口を利いたことを思い出したのだ。

だが、アイリスは笑って、小さく首を横に振った。

「謝る必要はありません。急に現れたわたくしを警戒するのは当然のこと。それに、フィオナ王女殿下が貴女に大切に想われていると知って、とても嬉しくなりました」

「嬉しく……ですか？」

問い返されたアイリスは答えに詰まる。

まさか、前世の自分が大切に想われて嬉しかったなど言えるはずがない。どう誤魔化したものかと、アイリスは即座に考えを巡らせた。

「えっと……賢姫であるわたくしと対になる彼女がどのような扱いを受けているか気になっていたのです。ですから、安心いたしました」

「……もしや、アイリスさんは」

クラリッサの瞳に気遣うような色が浮かぶ。どうしたのだろうかと首を傾げるが、クラリッサもそれ以上の追及はしてこなかった。

アイリスはこれ幸いと話題を変えることにした。

「ところで、そろそろ落ち着きましたか？」

「あ……はい。おかげさまで、ようやく落ち着きました。……遅くなりましたが、さきほどは助けてくださってありがとうございます」

居住まいを正して頭を下げるクラリッサは礼儀正しいメイドのようだ。

アルヴィン王子の信頼を得ているお付きのメイドと考えると、将来的には敵に回る可能性もあるのだが、助けてよかったとアイリスは心の底から思った。

「これからは同じ職場で働く者同士なのですから、気にする必要はありません。フィオナ王女殿下を大切に思う者同士、仲良くいたしましょう」

微笑みかけると、クラリッサが一瞬だけ呆けるような顔をした。それから「こちらこそ、末永くよろしくお願いいたします」と応じてくれた。

（……末永く？　すぐに教育係を辞めたりしないように、という意味でしょうか？）

ともあれ、クラリッサの信頼を得たアイリスはその後も順調に馬車旅を続け、ついには前世の自分が暮らすレムリア国の王都へと到着した。

3

三週間ほどの旅を経て、一行はようやくレムリア国の王城へとたどり着いた。

「アイリス、以前に話した通り、当面おまえの正体は秘密だ」

「心得ております」

アルヴィン王子に念を押されたアイリスがこくりと頷く。

リゼル国の象徴たる賢姫がレムリア国に渡るというのはそれだけで騒動になりかねない。

ゆえにアイリスの正体を既に知っているアルヴィン王子の配下を除けば、陛下をはじめとした一部の者だけに伝えるということで話が纏まっている。

「せっかくですから、わたくしはただの村娘ということでいかがでしょう?」

「おまえのような村娘がいてたまるか」

「がっかりです」

(なんの気兼ねもなく自由に動き回れるチャンスだったのに)

本気でそんなことを考える。

この旅でアイリスの本性を理解したアルヴィン王子にはその心の声が聞こえたのだろう。彼はこめかみをグリグリと揉みほぐした。

「おまえはさる高貴な家の生まれだが、事情があって家名を名乗ることは出来ない。そういう設定でいくと話し合っただろう？」

「まぁ嘘は吐かないほうが無難ですものね」

賢姫であり、婚約破棄をされた事情があるので名乗れないという意味。だが、聞いた者が、認知されていない貴族の隠し子だと誤解するのは勝手である。

「まず旅の汚れを落としてこい。それから専属のメイドを決めてもらう」

「専属メイド、ですか？」

「おまえに使用人を付けぬ訳にはいかないからな、いろいろな意味で」

身分的な意味だけでなく、監視が必要という意味だろう。それを隠すつもりがないということは、ある程度は信用されているとも考えられる。

断る理由はないが——と、アイリスはクラリッサに視線を向ける。

「今日は事情を知っている彼女に任せるが、そのまま専属に引き抜くのはダメだ。クラリッサがいなくなると俺が困るからな」

「かしこまりました」

引き抜きを考えたのは事実だが、本気で引き抜けると思ったわけではない。アイリスは即座に引き下がり、クラリッサに案内を任せて城内にある浴室へと向かった。

その後、クラリッサ達の手によって身体の隅々まで磨き上げられたアイリスは、枝毛一つないプラチナブロンドを乾かしていた。

クラリッサをはじめとしたメイドがアイリスの髪をタオルで拭う。それは公爵令嬢である彼女にとっては日常だったが、家を出たいまは失われた日々だったはずだ。

明らかに教育係以上の待遇を受けている。

「同僚だと言っておきながら、このようなことをさせてごめんなさいね」

「かまいません。これは私達の役目ですから」

「ありがとう、クラリッサ。それに貴女達もありがとう。いまはお世話になりますが、これからは同僚です。距離を置かずに親しくしてくださいね」

アイリスは穏やかな物腰で挨拶をしながら、鏡越しにメイド達の態度を盗み見る。

彼女達には、家名を名乗ることが出来ない貴族の娘と紹介してある。そのうえで腰の低い態度を示す自分に対してどのような態度を取るかを観察しているのだ。

若いメイドはおそらく貴族ゆかりの者なのだろう。たたずまいこそ美しいが、腰が低いアイリスを前に少しだけ気を緩めるような態度を見せた。不合格。

だが、三十代半ばくらいのメイドは笑顔で応じつつも丁寧に髪を拭いてくれている。

（合格……って、あら？　彼女はもしかして……）

そのメイドは見覚えがあった。前世で関わることのあったレベッカだ。彼女との苦い記憶を思い出し、アイリスは少しだけ目を細めた。

その視線に気付いたレベッカが手を止める。

「アイリス様、どうかなさいましたか？」

「いいえ、どうもいたしません」

（彼女を専属メイドに選ぶのもいいかもしれませんね）

前世での一方的に押しつけられた約束。アイリスにそれを果たす義務はないのだが、果たしたいと思う程度の義理はある。

少し話をしてみようかと考えていると、にわかに廊下が騒がしくなった。

「どうしたのでしょう？」

「フィオナ様がいらっしゃったようです。すぐに行くとお伝えください」

首を傾げるメイドに向かってアイリスが答えた。

「……は、え？　か、確認してまいります！」

メイドの一人が慌てて部屋の外に様子を見に行く。それからほどなく「本当にフィオナ様がいらしています」と驚いた声で報告する。

それにクラリッサは目を見張った。

「……驚きました。アイリスさん、どうして分かったんですか？」

「剣姫の気配は独特ですから」

剣姫からは精霊の加護が感じられる。

もっとも、その気配をアイリスが察知できるようになったのは前世で城を追放された後。いまのフィオナがこの場所にやってきたのは、賢姫の気配をたどった訳ではないだろう。

「申し訳ありませんが髪を乾かすのはここまでです。わたくしの荷物に魔術師の服が入っているので、それを持ってきてください」

「……魔術師の服ですか？　かしこまりました」

なぜ魔術師の服なのかと言いたげにしながらも、彼女達はすぐさま行動に移る。個々で多少の質の差はあれど、さすがは王城で働くメイド達、といったところだろう。

とまぁそんな訳で、アイリスは魔術師の服に着替えた。

ノースリーブの上着に、刺繍の入った薄手のブラウス。ふわりと広がるロングスカートは腰の部分がコルセットふうに絞られている。

アイリスがその服を選んだのは、自分が魔術師である証明。強さを重要視するフィオナには、魔術師であることを示したほうがいいと考えたのだ。

「お初にお目に掛かります、フィオナ王女様――」

自己紹介をしようとしたアイリスは息を吞んだ。

視線の先にはフィオナ・レムリア。

アイリスにとっては前世の自分でもある、レムリア現国王の孫娘。ピンクゴールドの髪はサラサラで、アイリスと同じアメシストの瞳は吸い込まれそうだ。

なにより、アイリスよりも四つ年下、現在十四歳のフィオナはとてもとても愛らしい。前世の自分がどうなっているのかとか、そういう考えは全て吹き飛んだ。

(……か、可愛いです。前世のわたくしが、とても可愛いですよ?)

笑わない賢姫と揶揄されるアイリスであったが、前世の彼女は笑顔の似合う女の子であった。

客観的にその姿を目の当たりにしたアイリスはハートを撃ち抜かれる。

そのまま引き寄せられるようにフィオナに近付いた。

「わたくしはアイリスと申します。貴女の教育係として、ここにまいりました。どうか、これから仲良くしてくださいね」

セリフは上品で、カーテシーでもしていそうな雰囲気だが、アイリスの顔は蕩(とろ)け切っていて、その手はフィオナの頭を撫でつけていた。

その手がペチンとはたき落とされる。

「アルヴィンお兄様から聞いてるよ。でも、私が捜しているのはただの教育係じゃなくて、私より強い教育係なの。貴女は私を満足、させてくれるのかな?」

愛らしい顔で不遜な言葉を口にする。

そして手をはたき落とされたアイリスは——

(……か、可愛い。前世のわたくしがツンツンしてて可愛いですよ?)

落ち込むどころかデレデレになっていた。とはいえ、これはアイリスが前世の記憶により、フィオナがツンツンしている理由を知っている影響が大きぃ。

　フィオナの母親もまた剣姫だった。

　剣精霊アストリアの加護を受けて剣姫の称号を得て、グラニス陛下の息子のもとへと嫁いだ。いわゆる政略結婚だが、フィオナとしての記憶にある二人は仲睦まじかった。

　優しい両親のことを、フィオナは心から愛していた。

　だが、二人は馬車の移動中に魔物の襲撃に遭って命を落とした。

　護衛の騎士はもちろん、剣姫であるフィオナの母――リゼッタも戦いに身を投じ、それでも襲撃を防ぎ切れなくて、二人は折り重なるように亡くなっていたのだという。

　だからフィオナは弱い人間には心を開かない。両親と同じように、自分の前からいなくなってしまうかもと不安になるから。

　それを知っているアイリスは――

「どうぞ、お気の済むまでお試しください。戦う準備は出来てぃます」

　上品にカーテシーをして、それから強気な笑みを浮かべてみせた。自分は貴女の前からいなくなったりしないという意思表示だ。

「へぇ……私と勝負してくれるの？」

「剣技、魔術、格闘でもなんでも、王女殿下の望む勝負を受けましょう」

「じゃあ剣技！」

フィオナが無邪気に言い放つ。

それは失う不安のない相手を求めているがための行動。それを理解しているアイリスは、フィオナがどこか儚くて愛らしいと微笑む。

そのうえで、彼女に認められるために挑まれた剣技の戦いを受けた。

むしろ、そのやりとりを理解できないのはクラリッサをはじめとしたメイド達である。なにを言っているのですかと、慌ててフィオナを止めようとする。

「なにを騒いでいる？」

騒ぎを聞きつけたアルヴィン王子が姿を見せた。

「アルヴィンお兄様、お帰りなさいっ！」

フィオナがとても嬉しそうな顔をして、アルヴィン王子のもとへと駆け寄った。それを見た瞬間、アイリスは驚きに目を見開いて、次の瞬間には顔を真っ赤に染め上げた。

（ちょ、ちょっと待ってください。なんですかなんですか？　どう見ても、フィオナがお兄様に恋い焦がれる乙女のような顔をしていますよ？）

アイリスの認識でも、たしかに従兄を慕っていた記憶はある。だが、裏切られたことでその気持ちが消えてしまったことを差し引いても、せいぜいが憧れだったはずだ。

なのに、客観的な立場になったアイリスからは、フィオナがアルヴィン王子に恋い焦がれているように見える。いや、そうとしか見えない。

（まさか、当時のわたくしも……いえ、彼女は久々にお兄様に会えて興奮してるだけ。そうじゃなかったら戦闘訓練で興奮してるだけですね。そうじゃなければ……そう。この世界のフィオナと、前世のわたくしは似て非なる存在ということでしょう）

目の前の光景と前世の自分の繋がりを否定することで自分を保つ。

だが、思っていた以上にフィオナがアルヴィン王子を慕っているのは厄介だ。ここまで彼を慕っている以上、アイリスが彼を裏切り者だと糾弾しても無駄だろう。

むしろ、アイリスがフィオナに避けられる可能性が高い。

勝負をすることが出来れば、ある程度の信頼を得ることは出来るはずだけど……と、アイリスは平静を装って、澄まし顔で成り行きを見守ることにした。

「それで、これはなんの騒ぎなのだ？」

「実は――」

クラリッサが助かったとばかりに、彼に二人が戦おうとしていることを打ち明け、そのうえで止めてくださいとお願いをする。

しかし――

「別に構わぬのではないか？」

王子の一声にアイリスとフィオナの戦闘訓練が決定した。

4

「あらためまして、フィオナ・レムリアだよ」

「わたくしはアイリス。訳あって家名を伏せていますが、アイスフィールド公爵家の娘です」

レムリアの王城にある訓練室で、アイリスとフィオナは静かに対峙していた。両者共に身軽な服装で、手には殺さずの魔剣を携えている。

いわゆる魔導具で、当たっても痛みを受ける程度に殺傷力を抑える効果がある。

また、同席するのはフィオナのメイドや護衛だけで、アルヴィン王子をはじめとした野次馬はいない。フィオナが見学を断った結果である。

「どうしてアルヴィン王子の同席を断ったのですか？」

「え？　……うぅん、なんとなく、だよ。お兄様が見ていると、貴女が本気を出してくれないような気がしたから」

「……鋭いですね」

さすがは前世のわたくしと自画自賛。

実際のところ、身体能力では大きくフィオナに水をあけられている。反射神経や技量ではアイリスが上回っているはずだが、純粋な剣の勝負では勝てない可能性が高い。

けれど、そんな内心は決して零さず、アイリスは不敵に笑ってみせた。

「ですが、フィオナ王女殿下のそれは杞憂ですよ」

「へぇ……どうして？」

「いまの王女殿下では、わたくしに本気を出させることは出来ないからです。わたくしは魔術を使いませんが、それ以外は全てありで構いません」

言い終わるより早く、地面を蹴ったフィオナが懐に飛び込んでいた。

彼女は既に殺さずの魔剣を振るっていて、このタイミングから防ぐことは不可能——なはずだったが、アイリスはその一撃を危なげなく受け止めた。

「へぇ……いまのを受け止めるんだ？」

「予備動作が大きすぎて狙いがバレバレです」

余裕の笑みを返す——が、腕は思いっきり痺れている。年下のフィオナが、自分よりも圧倒的な身体能力を誇っている。

アイリスがフィオナだったときは自分の身体能力を当然と受け入れていたが、いまはなんて理不尽なのかと愚痴らずにはいられない。

（この挑発で動きが雑になってくれれば良いのですけど……）

鍔迫り合いしていた剣を押し込まれる。

フィオナはその反動で飛び下がり、その瞬間に剣を引きつける。予備動作が大きすぎると挑発されたフィオナは、さきほどよりもコンパクトな攻撃を放ってくる。

（そうですよね。前世のわたくしはそういう性格でした）

良くも悪くも純真でまっすぐ。

理想の教え子だが、対戦する相手としては非常に厄介だ。

フィオナの速攻を辛うじて弾いたアイリスはそのまま後ろに下がる。そこにフィオナが追いすがり、右、左、右と見せかけての刺突と息もつかせぬ連続攻撃を放ってくる。

フェイントは問題ない。

フィオナとしての記憶があるアイリスにとって、いまのフィオナが放つフェイントはむしろ、次はこの攻撃を放つと教えてもらっているも同然だ。

むしろ問題なのは純然たる速度と力。

賢姫として魔術主体の訓練をして育ったアイリスの身体能力は決して高くない。後の先を取ってフィオナの攻撃を捌くが、だんだんと押し込まれていく。

フェイントよりもスピードで押したほうが有効。そう判断したフィオナがフェイントをなくして攻撃を最適化させたからだ。

（まぁ……予想通りの展開ですね）

剣姫と賢姫が剣のみで戦えばどちらが優勢かは火を見るよりも明らかだ。

アイリスは賢姫としてではなく剣姫として、密かに剣精霊の加護を発動させた。

魔術は使わないが、その他は全てありと口にしたのはこれが理由。フィオナを挑発したように見せかけて、密かに精霊の加護を使うのが目的だった。

精霊の加護を得たアイリスは、向上した身体能力を生かしてフィオナに詰め寄る。

「——なっ」

フィオナが目を見開いた。

いままで技量では及ばずとも速度では勝っていた相手に先の先を取られた。そのことに動揺しつつも、懐に飛び込んできたアイリスに向かって剣を振るう。その判断はさすがだと言わざるを得ないが、技量だけでなく身体能力も上回ったアイリスには遠く及ばない。

強引に振るわれたフィオナの剣を軽く弾き、無防備になったフィオナに向かって剣を振るう。体勢を崩したいまのフィオナにそれを防ぐ術は——一つしか残っていない。

「まだ——まだぁっ！」

フィオナの瞳が青く染まった。

それはフィオナが剣精霊の加護を最大で発動させた証。

アイリスにはなかった変化を持って、フィオナは自分の身体能力を跳ね上げる。神速の一撃をもって、アイリスよりも速く剣を振るい——虚空を斬り裂いた。

「……え？」

フィオナは目標を見失って動揺する。

（やはり、この頃のわたくしはまだ未熟ですね。この様子だと、誰かの記憶を引き継いでいる

とか、そういうこともなさそうです）

　フィオナを背後から見つめながら、アイリスはそんなふうに結論づけた。

　一呼吸遅れてその事実に気付いたフィオナが身体を捻るが——遅い。フィオナが攻撃範囲から逃れるよりも速く、その首筋に剣を突きつけた。

「いつの間に……」

「精霊の加護を発動させる瞬間は意識が散漫になります。あのタイミングで全力で加護を使うのは悪手でしたね。加護を最小限に抑えていればわたくしを見失うことはなかったでしょう」

　アドバイスを口にするが、敗北した瞬間にぶつけられた言葉と考えれば、挑発と受け取られても仕方がない。だが、フィオナの瞳はキラキラと輝き始めた。

「すごいすごいっ！　アイリスお姉ちゃんすごぉい！」

「そ、そうですか？」

　アイリスの胸に飛び込んでくる。その無邪気な行動に反応できず、懐に飛び込まれるのを許してしまった。いまのが攻撃なら負けていたが、フィオナはすごいと連呼するのみだ。

「アイリスお姉ちゃんこそ、私が探していた理想の教育係だよ！」

「では、王女殿下はわたくしを教育係として認めてくださいますか？」

「もちろんだよ！　それに私のことはフィオナって呼び捨て——はさすがに無理かな？　でももっと親しげに呼んでくれていいから、これから仲良くしてね、アイリス先生！」

蕩けそうな微笑みを浮かべ、純粋な好意をぶつけてくる。

（どうしましょう……前世のわたくしが可愛いすぎます）

母性本能と言うべきか、それともナルシストと言うべきか。

とにかくフィオナを護ってあげたい衝動が強くなる。前世のわたくしみたいに悲しい目には遭わせませんからね――と、アイリスはかつての自分をぎゅっと抱きしめた。

アイリスとフィオナが訓練室に行った後。同行を断られたアルヴィンは、クラリッサに用意させた紅茶を片手にカフェテラスでくつろいでいた。

「そういえば、おまえは旅の中でアイリスとずいぶんと打ち解けたようだが、あいつがフィオナの教育係に志願した理由は聞き出せたのか？」

「いえ、残念ながら上手くはぐらかされてしまいました。ただ……」

クラリッサが言葉を濁した。

「どうした、なにか言いづらいことなのか？」

「いえ、その……自分と対となる剣姫が大切にされていると知って嬉しい、と。もしかしたら彼女は、リゼル国で不当に扱われていたのでは、と」

「まさか、国の象徴だぞ?」

「ですが、婚約も一方的に破棄されたのですよね?」

「そう言われると……たしかに不自然だな」

アイリスが不当に扱われていた可能性。前世の自分が大切に思われて嬉しかったなどと言えずに誤魔化した、アイリスの出任せが予想外の疑惑を植え付けることとなった。

その疑惑が後で問題を引き起こすとか起こさないとか。

アルヴィンは紅茶に口を付け、ところで――と話題を変えた。

「おまえはさっきからなにをソワソワとしているんだ?」

「申し訳ありません。お二人のお戻りが遅いと気になってしまって」

「ああ、そのことか。そろそろ戻ってくるだろう。心配することはない」

主にそう言われたクラリッサは引き下がるが、その表情から納得いっていないことは明らかで、アルヴィンはフフッと小さく笑った。

「そこまで心配する相手はフィオナか、それともアイリスか?」

アルヴィンの問いにクラリッサは沈黙を返した。本来心配するべきなのは王女であり、それを口にしないことこそが答えも同然である。

「そこまで入れ込むとは珍しいな。もしや、襲撃時に護られたことで惚れたのか?」

冗談めかして問い掛けた瞬間、クラリッサの澄ました顔がポンと赤く染まった。本人にもそれは分かったのだろう。彼女は慌てて両手で頬を隠す。

「ち、違いますよっ！」

「ふっ、そのわりには慌てているようだが？」

「た、たしかにアイリスさんは格好いいですし、腰が抜けた私を抱き上げてくださったときも、アイリスさんの整った顔が視界いっぱいに映って、あ、まつげ長いなとか、なんか良い匂いがするなとか思いましたけどそんなんじゃありません！」

「……そ、そうか」

もしや本当に惚れているのではと思ったアルヴィンだが、深くは突っ込むまいと疑問を飲み込んだ。戦場を駆け抜けた経験もある彼は引きどころもわきまえているのだ。

「とはいえ、フィオナ様は剣による勝負を挑まれておりましたし、心配するのはやはりアイリスさんではありませんか？」

「……いや、それはどうだろうな」

フィオナが挑んだのは剣技。であれば、賢姫よりも剣姫のほうが圧倒的に強い。そんなクラリッサの予想に、アルヴィンが疑問を呈（てい）した。

「アルヴィン様は、アイリスさんが勝つと思われているのですか？」

「おそらくな」

「ですが……」

「たしかに、アイリスは鍛えているようには見えぬ。あるいはおまえにすら、純粋な力比べでは勝てないかもしれないな。だが、あれが矢を叩き落としたことは知っているだろう？」

「それはもうっ！　駆け寄って私をぎゅっと抱きしめると、クルリと身を翻してあの白く繊細な手で矢を打ち落としてしまったのです、とても素敵でしたっ！」

「お、おう。というかおまえ、あのときは状況を把握していなかったのでは？」

「他の方に聞いて回ったりして足りない情報を埋めました。いまの私には、あのときの凜々しいアイリスさんの姿がしっかりと目に浮かびますっ！」

「…………」

もはやなにも言うまいと、アルヴィンは口を閉ざした。

ちなみに、アルヴィンもアイリスが矢を打ち落とす瞬間からしか目撃していない。だが、森から放たれた矢を素手で打ち落とし、クラリッサを護ったのは間違いない。

林から放たれた矢は、クラリッサへの直撃コースだった。もしアイリスが防がなければ、下手をしたらクラリッサは死んでいた。

そうでなくとも、大怪我を負っていただろう。

（トラウマになっているやもと心配したが……アイリスのおかげか。少々行き過ぎな気はするが、まぁいいだろう。それに対して俺はなんと不甲斐（ふがい）ない。あの日の誓いはなんだったんだ）

フィオナの両親――つまりはアルヴィンの伯父母も魔物に殺されている。自分を可愛がってくれた彼らを失ったとき、アルヴィンはもう二度と同じ悲劇を繰り返さないと誓った。

なのに——アルヴィンはクラリッサを危険に晒してしまった。

取り返しのつかない悲劇を繰り返すところだった。

だが、幸いにしてその悲劇は回避された。

「アルヴィン様?」

「ん? あぁ……アイリスが勝つと思う理由だったな」

自分がいつの間にか考え込んでいたことに気付いたアルヴィンは頭を振って、アイリスが矢を叩き落としたときの光景を思い返す。

あれを再現するだけなら、アルヴィンはむろん、フィオナでも可能だろう。だが、アイリスと同じ身体能力で同じことが出来るかと言われると首を傾げざるを得ない。

「少なくともあいつは、あの華奢(きゃしゃ)な身体でなお、フィオナと同程度の剣士だ。しかも……ゴブリンに襲撃されたときの反応を見る限り、既に多くの実戦を経験している」

「……言われてみれば、襲撃にもまるで動揺していませんでしたね」

「そうだ。いくら訓練をしたところで、初陣では必ず浮き足立つ。俺とていまだに慣れたとは言い難い。フィオナもおそらく、初陣ではあのように動くことは出来ないだろう」

「賢姫だから、でしょうか?」

「かもしれぬが……」

剣姫と賢姫はそれぞれの国の象徴であると同時に、有事の際には戦場に出ることになる。フィオナよりも年上の彼女が既に戦場に立っていてもおかしくはない。

ただし――

「少なくとも、公表されている範囲では、彼女が戦場に立ったという記録はない」

アイリスの同行が決まって出発するまでの短期間にアルヴィンが調べた情報である。

「……不思議な方なんですね」

「ああ、実に面白いだろう」

「アルヴィン様、悪いところが出ていますよ」

クラリッサはメイドらしからぬジト目を向けた。それは、貴族の血を引き、アルヴィンの信頼厚い専属メイド、クラリッサだからこそ許される行為だ。

そうしてジトーッと主を睨んでいたクラリッサだが、おもむろにその瞳を輝かせた。

「ですが、アイリスさんは本来、魔術が専門ですよね。それなのに、フィオナ様に匹敵するほど剣も扱えるだなんて……素敵です」

「分かった分かった。まったく、そのうちファンクラブでも作りそうな勢いだな」

「アルヴィン様も入りますか？」

「既にあるのか⁉」

「いまならギリギリ会員番号一桁です」

「しかも多い!?」

どこの誰がと思ったら、馬車旅で同行していた者達がメンバーに入っているらしい。既に俺の従者を切り崩しているとは恐ろしい奴だ――と、アルヴィンは謎の戦慄をする。

「しかし、おまえがそこまで評価するとは本当に珍しいな。すぐ、〝あの女はアルヴィン様を狙っています、騙されちゃダメですよ！〟とか口うるさいおまえが」

アルヴィンがからかうように笑う。

「私は貴方の友人として事実を忠告しているだけです。いままで連れてきた女性はみんな、フィオナ様の教育なんて興味がなくて、アルヴィン様狙いだったじゃないですか」

「……まぁ、それは否定しないがな」

王女の教育係である以上は女性である必要がある。

だが、アルヴィンが選ぶ女性はみんな教育係なんてどうでもよくて、アルヴィンに近付くためだけに引き受けようとした者ばかりだった。

それを肯定した瞬間、クラリッサの目がすぅっと細められた。

「いままで、フィオナ様の教育係を見つけないようにしていたのに、どうしてアイリスさんを教育係として連れて帰ってきたのですか？」

「さすが、よく見ているな」

苦笑いを浮かべて、さて、どこまで話したものかと考えを巡らせる。だがクラリッサの問いが、いままで教育係を見つけようとしなかった理由、ではないと気付く。

「俺が教育係を見つけようとしなかった理由は訊かずともよいのか？」

「そちらは想像がつきます。だからこそ、なぜ心変わりをしたのか知りたいのです」

「アイリスを選んだ理由なら答えは簡単だ。賢姫としての鎖を断ち切ったあいつなら、なにかを変えてくれるかもしれないと思ったからだ」

「……なにか、ですか？」

アルヴィンはその問いには答えなかった。だが、そのなにかが変わらないのであれば、フィオナは女王になるべきではないと彼は考えている。

それがいままで教育係を選ばず、アイリスを選んだ理由。

「ま、個人的な興味もあるがな」

「あら、もしかして惚れたのですか？」

さきほどのアルヴィンのセリフを使って、クラリッサがイタズラっぽく笑う。いままでの彼であれば、即座になにを馬鹿なと一蹴していただろう。

だが――

「あいつはいろいろな意味で目が離せないからな」

「目が離せない、ですか？」

答えをはぐらかし、小さな笑みを浮かべた。

出会いからして衝撃的だった。アルヴィンのことをいきなりお兄様などと呼んでおきながら、その興味は従妹のフィオナに向けられている。

アルヴィンの殺気を平然と受け止め、馬車旅では令嬢らしからぬ順応性をみせ、目の前で魔物が斬り伏せられても眉一つ動かさない。

令嬢らしからぬ行動が目につくが、その立ち居振る舞いは淑女と呼ぶに相応しい。貴族らしい言質を取らせぬ言い回しを使いこなし、ダンスでは華麗なステップを踏んでみせた。

アルヴィンに対して警戒心を剝き出しにしているが、同じ馬車の中では平然と眠りにつく。あれではまるで、警戒していると見せかけているかのようだが、そうする理由は思いつかない。

本当に、あいつはなんなんだとアルヴィンが思い出し笑いをしていると、そこへフィオナにしがみつかれたアイリスが戻ってきた。

戦闘訓練でどのような結果になったのかは一目瞭然だ。

「……どうやら、話は纏まったようだな?」

「はい。教育係として働くことをフィオナ王女殿下に認めていただきました。今日から、この城に滞在させていただきます」

杞憂だったとわかり、クラリッサがホッと息を吐く。その横では、面白い観察対象が今後も城に留まると知ったアルヴィンが表情をほころばせた。

だが――

「それから、わたくしのメイドの件ですが」

「あぁ、そうだったな。さっそく候補を集めさせよう」

「いいえ、それには及びません。もう決めましたから」

「……ほう？」

相づちを打ったアルヴィンはなにかを期待している自分に気が付いた。

普通なら、専属メイドを決めることに面白みなんてあるはずがない。だが、アイリスならばあるいは、なにか面白いことをしてくれるかもしれないと、そう思ったのだ。

そして——

「わたくしは彼女を雇いたいと考えています」

その言葉に、アルヴィンは「ほらな？」とクラリッサに視線を向ける。対してクラリッサも「たしかに目が離せませんね」と苦笑いを浮かべた。

アイリスが指し示したメイドはレベッカ。

黒幕を暴くために泳がせている内通者だった。

5

「フィオナ王女殿下」

込み入った話があるからとアイリスが目配せをすると、フィオナは素直に身を離して「じゃあ私は汗を流してくるね」と他のメイドを従えて立ち去っていく。

それを見たアルヴィン王子が目を見張った。

「ずいぶんと気に入られたようだな」

「フィオナ王女殿下はとても素直で可愛らしいですから」

自画自賛――というか、アイリスは確実に姉馬鹿的ななにかになりつつある。

フィオナを穏やかな眼差しで見送り、それからアルヴィン王子へと向き直る。レベッカを雇うと聞かされた彼は、どこか楽しげな顔をしていた。

「それで、レベッカを専属にする、と？」

「少し嘘を吐きました。正確には彼女の子供達を専属に雇いたいと思っています」

「……子供達、だと？」

「なにか問題がありますか？」

アイリスは澄まし顔で首を傾げた。

だが、レベッカの子供は使用人ではない。アルヴィン王子も詳しくは把握していないが、レベッカの年齢からして子供は大きくとも十代、おそらくは前半であることがうかがえる。

問題もなにも、問題しかないというのがアルヴィン王子の本音だろう。

だが――

「いや、おまえが選んだのならなんの問題もない」

アルヴィン王子は後ろに控えているレベッカに視線を向けることもなく応じてみせた。

そこから、アイリスはある可能性に思い至る。

(ちょうど良いね。この場はわたくしとレベッカ。それにお兄様とクラリッサだけだし)

さり気なく周囲を確認したアイリスは、話をするのにちょうど良いと判断した。

「彼女が内通者だと気付いていたのですね」

アイリスはその憶測を口にした。

アルヴィン王子は好奇心が強い。ゆえに、なぜアイリスが彼女の子供を専属にすると決めたのか気にならないはずがない。なのに一言も追及がなかった。

それはなぜか？　レベッカの前でいろいろと追及したくなかったからだ。

――その指摘を受けたアルヴィン王子は果たして、不機嫌そうに鼻を鳴らした。

だが、それを見たアイリスは逆に安堵する。

なぜなら、いまのアルヴィン王子がレベッカの裏切りを知っているのなら、前世の彼もレベッカの裏切りを知っていたということになる。けれど、前世のアイリス――つまりフィオナはこの後、レベッカの起こした事件に巻き込まれる。

この時点では、アルヴィン王子が黒幕である可能性が存在したのだ。

だが、彼が黒幕ならここでボロを出したりはしない。アイリスの指摘に不機嫌そうな顔をして、レベッカの正体を知っていたと悟らせるようなことは絶対にない。

ゆえに、不満そうな顔を隠さない理由は一つだ。

「そうか、バックにいるのが誰か調べるために泳がせていたのですね」

つまりは、アルヴィン王子はレベッカの件に関わってはいない。

前世でレベッカが事件を引き起こしたのは、泳がせているうちに事態が制御不能に陥ったから。あるいは、クラリッサがいなくなったことが影響を及ぼした可能性もある。

アイリスはそんなふうに納得するが、逆にアルヴィン王子は表情を険しくした。彼はアイリスの突飛な行動を好ましく思っていたが、それはアイリスが有能だったからだ。

偶然ならともかく、意図的に国に不利益をもたらす相手を笑って許すほど寛容ではない。

「そこまで理解する頭があるのなら、なぜ言葉にする前に影響を考えなかった？」

「黒幕を探す件なら問題ありません。彼女が内通しているのは子供達を守るため。その二人をわたくしの専属として雇い、保護すると申し出ました」

アルヴィン王子の殺気を受け流して、アイリスは柔らかな笑みを浮かべる。そして、その言葉の意図を理解できないほどアルヴィン王子は愚鈍ではない。

「……レベッカは脅されていたのか？」

「はい。ですから、その不安を取り除くことを条件に、内通者を捕まえる手伝いをしてくれるように説得いたしました」

「そうか……よくやった」

アルヴィン王子は素早く従者を呼びつけて指示を出し、レベッカから事情を聞き出す手配をする。重要なのは、黒幕にレベッカの寝返りがバレないことだ。

だが、従者が内密にレベッカを連れて行こうとしたところでアイリスが口を挟んだ。

「お待ちください、こちらの話が終わっておりません」

「……なんだ？」

「なんだ、ではありません。彼女の子供達を雇うと申し上げたはずです」

「……子供達、か」

アルヴィン王子は難しい顔でアイリスを見る。彼女がなにを考えてそのような要望をしたのか、その意図を読み切れないのだろう。

「保護をすることに異論はない。だが、子供達を使用人にするのは危険だ。子供達がレムリア王家を恨まないという保証がないからな」

レベッカの子供達が無関係だと証明できない。そうじゃなくても、母親を罰せられたことで逆恨みして、王家に敵意を抱く可能性もある。なにかあった場合の責任を取れるのか——と、アルヴィン王子は聞いているのだ。

普通なら尻込みする状況だが、アイリスは不敵な笑いで応じる。

「レベッカの子供はわたくしが責任を持って教育いたします」

「……そうか、ならば好きにするがいい。おまえには借りもあったからな」

折れたアルヴィン王子に、レベッカがほうっと息を吐いた。けれどアイリスは張り詰めた空気をそのままに、もう一つお願いがあると口を開いた。

「……この上、なにを願うというのだ？」

「レベッカの減刑を」

クラリッサと、当事者であるレベッカが揃って息を呑んだ。

アルヴィン王子は顔を険しくする。

「おまえならば分かるだろう。内通はたとえどのような理由だったとしても大罪だ。本来なら、子供達も纏めて罰したほうが安全なのだ」

「わ、私は子供達が救われるならそれだけで十分ですっ！」

レベッカが慌てたように口を挟む。

約束された子供達の安全が反故にされたらたまらないと焦ったのだろう。

「……本人もこう言っている、諦めろ」

「どうしても、聞き入れてはいただけませんか？」

「せめて協力を取り引き材料にするべきだったな」

交渉が下手と言われたも同然だが、アイリスは不敵に笑った。

「協力は子供達の安全と引き換えでしたから」

「……なるほど」

もしアイリスがその二つを提案していたら、アルヴィン王子は難色を示していただろう。それを予測した上で、確実に子供の安全を確保したということ。

「言ってみろ。そこまで考えているのなら、他にも交渉材料があるのだろう？」

「わたくしからの情報提供、それと引き換えにレベッカの減刑をお願いします」

「……ほう？　この国に来たばかりのおまえが情報を提供をすると？　面白い。俺を唸らせるだけの情報を提供できた暁には、レベッカを減刑してやろう。なんなら書面にするか？」

「いいえ、その必要はありません」

アルヴィン王子が約束を反故にするならば、今後はアイリスが彼に手を貸さなくなる。それがどのような損失を生むか、アルヴィン王子なら理解できるはずだとアイリスは笑った。

「ふむ、ならばその情報とやらを聞かせてもらおう。だが、そこまで言うなら、生半可な情報では納得してやらぬからな？」

「はい。レベッカを脅して内通者に仕立て上げたのは――ウィルム伯爵です」

「な、に……？」

驚くほどあっさりと告げられた事実に、アルヴィン王子は息を呑んだ。

レベッカを泳がせていたのは彼女の背後にいる黒幕を見つけるため。レベッカを尋問しようとしたのも同じ理由だ。ゆえに、アイリスの情報はそこに至るためのヒントだと思っていた。

なのにアイリスの口からもたらされたのは、答えそのものだった。

この国に来たばかりのアイリスがそのようなことを知っているはずがない。だが、ウィルム伯爵は、アルヴィン王子が黒幕として怪しんでいた男の一人だ。

「ウィルム伯爵が黒幕だというのか？」

「いいえ。ですがレベッカを操っていたのは彼です。監視して罠(わな)を張っておけば、その後ろに誰かいるかどうか、知ることも出来るでしょう」

前世では後手に回り、レベッカを操っていたのがウィルム伯爵だと調べ上げたときには既に証拠は消された後だった。

だから今回は最初から監視して、証拠の隠滅を謀ったところを押さえる。その上で、黒幕が他にいるか確かめろと言っているのだ。

「……おまえは、その情報をどこで知った？」

「あら、諜報員に調べさせたとでも答えれば満足ですか？」

情報をもたらしたのはアイリスで、情報の入手ルートを答えるのもアイリス。ゆえに、アイリスの言葉が信じられないのなら、どこから仕入れた情報かを答える意味もない。

そう言い放ったアイリスは不敵に笑う。

「……なるほど、お前の言う通りだ。それに、想像以上に有益な情報だった。その情報が事実だと確認できた時点でレベッカの罪を軽くすると約束しよう」

「ありがとう存じます」

アルヴィン王子の言質をもぎ取って、レベッカへと向き直る。

「聞きましたね？　しばらくは不自由を強いられることになると思いますが、決して重い罪にはならないはずです。それに、子供達のことも心配いりません」

「……アイリス様。ありがとう、存じます。なんとお礼を言えばよいか……」

「必要ありません。わたくしはただ、信頼できる使用人が欲しかっただけですから」

あっさりと言い放ち、それでもう話すことはないとアルヴィン王子へと向き直った。そんなアイリスに向かって、レベッカは深々と頭を下げた。

「よし、ではもう他に問題はないな。――連れて行け」

アルヴィン王子の指示に、従者がレベッカを連れて行く。それを見送ったアイリスは「それでは、わたくしもこれで」と立ち去ろうとするが、アルヴィン王子に腕を掴まれた。

「ところでアイリス、おまえはなぜ彼女を庇った？」

「王子のくせに機微が理解できないなんてダメダメです。わたくしが追求を嫌って立ち去ろうとしたことが分かりませんか？」

「ふっ、ならばおまえも、俺がそれを理解した上で追及していることを理解するべきだな」

ささやかな抵抗は簡単に封じられ、アイリスは小さな溜め息をついた。だが、追及されることは想定のうちで、それに対する答えも既に決めてある。

「……以前、彼女にとてもよく似た人に命を救われたんです。まぁ……ピンチになったのはその人のせいでもあったんですが」

「……なんだそれは？」

「ちょっとした自己満足ですよ」

歴史から消し去られた未来の出来事。

だが、それはアルヴィン王子にはなんら関係のないことだ。

だから、アイリスは深々と頭を下げた。

「……なんのつもりだ？」

「貴方の思惑を予想できる立場にありながら自分勝手を重ねたお詫びです」

「まぁ……たしかに勝手な行動ではあったな。だが……今回は許してやる。結果的にはおまえに助けられたからな」

アルヴィン王子は笑って、アイリスの頬に指を這わせた。免疫のないご令嬢であればそれだけで腰砕けになりそうな行為に、けれどアイリスは半眼になる。

「そういうことをするから女性に勘違いされるんですよ？」

「ふん、どうせおまえは勘違いもしないのだろう？」

（勘違いしなければいいということではないと思うんですけど……）

そう思いつつも、無理を通した自覚のあるアイリスは溜め息をつき、アルヴィン王子の好きに顔を触らせることにした。下手に文句を言って機嫌を損ねたほうが面倒くさい。

「しかし、他人に受けた恩、か。おまえでも感傷に浸るのだな」

「あら、わたくしが血も涙もない女とでもお思いですか？」

「少なくとも、口説き落としたいと思う程度には面白いな」

「王子、面白いは口説き文句ではありませんよ？」

「……ちっ、手強いな」

渋い顔をしてアイリスから離れる。

アルヴィン王子が目を細めてアイリスを見た。

「……で？　おまえはなぜレベッカやウィルム伯爵が内通者だと分かった？」

「それは――」

アイリスの言葉に、アルヴィン王子は喉の奥でクツクツと笑った。

◆◆◆

アルヴィン王子の執務室。

彼が書類にペンを走らせていると、従者の一人が訪ねてきた。

「どうだった？」

「はい。レベッカは素直に話しました。こちらで押さえていた情報とも相違ありません」

「……ふむ。アイリスの話通り、か」

レベッカは子供達を盾に言うことを聞かされていた。不審者が何度か子供に接触していた上に、言うことを聞かなければ子供に危害を加えるぞと脅されていたのだ。

ゆえに、レベッカは子供達の保護を条件に味方となった。

「それで、ウィルム伯爵を追い詰めることは出来そうか？」

「彼女が全面的に協力してくれていますからね。必ず尻尾を掴んでみせます」

「ならば、その背後に誰かいるかも確認してくれ。このチャンスを逃す手はないからな」

「むろんです。必ずや全員を取り押さえてみせます」

本来であれば、レベッカとの連絡役を捕まえるのがせいぜい。よくてウィルム伯爵が犯人だと確認して終わりだったはずだ。

だがレベッカの協力を得たことで黒幕を罠に掛けるチャンスが巡ってきた。レベッカの子供達を内密に護らせつつ、連絡役が接触してくるのを待つ。

そうして接触があれば罠に掛け、ウィルム伯爵の尻尾を掴む。そのうえで、更にその後ろに黒幕がいればその尻尾も掴む。

こんなチャンスはめったにない。

ここまでお膳立てしてもらって失敗は出来ない——というのが部下の心境だろう。

「しかし、我々ですら内通者を特定するまで相当な苦労があったというのに、アイリス様はどうやってレベッカやウィルム伯爵の裏切り行為を見破ったのですか？」

自分と同じ疑問を抱く部下に、アルヴィンがふっと笑みを零す。

「……なにかおかしなことを申したでしょうか？」

「いや、俺もアイリスに同じ質問をしてな」

どうやって気付いたのかと問うアルヴィンに、アイリスは人差し指を唇に添えて「それは秘密です」と笑ってみせた。

「あの娘、なぜ知っているか暴いてみせろと、俺を挑発してきやがった」

「……彼女自身が敵の内通者で、これが罠という可能性は？」

「ない、とは言い切れんな」

隣国で暮らしていた彼女がこの国の状況を知っている。

それだけで既に怪しい。

だが——とアルヴィンが呟くが、それは部下には届かない。疑うのなら好きにしろという言外の意志を汲み取り、部下はさっそく行動に移すべく退出していった。

（なぜ知っているかも不思議だが、どこまで知っているかも無視する訳にはいかないな。あるいは、俺の考えにすら気付いている可能性もある、ということだからな）

「……本当に面白い娘だ」

いつか、彼女と対決する日が来るかもしれない。それはきっと心躍る対決になるだろうと、アルヴィンは口の端を吊り上げた。

6

アイリスがレムリアにやってきて十日ほどが過ぎたある日。

クラリッサは、アイリスをある部屋へと案内した。

レベッカを泳がせて黒幕を押さえるという作戦が終了したため、その部屋にはレベッカの子供達が保護という名目で軟禁されている。

青い瞳の男の子が十二歳で名前はネイト。赤い瞳の女の子が十一歳で名前はイヴ。二人揃って青みを帯びた黒髪で、容姿はそれなりに整っている。

だが、既に母親がしでかしたことを聞かされているのだろう。二人はソファではなく絨毯の上に座り込んで、憔悴した様子で肩を寄せ合っていた。

「ね、姉ちゃん達は誰だっ」

「お姉ちゃんはアイリスだよ」

(……お姉ちゃん、お姉ちゃん?)

二人の前に膝をついて答えたアイリスの意外な反応に、クラリッサは目を白黒させた。

アルヴィン王子とのやりとりで多少は愛嬌があることに気付いていたが、まさか笑わない賢姫と揶揄される彼女がそんな対応をするとは思わなかった。

「その姉ちゃんがなんの用だよっ！　知ってることは全部話したって言ってるだろ!?」

その言葉から、子供達が関与について尋問されたと気付いたのだろう。

アイリスがクラリッサに視線を向けてくる。

その視線に対して、クラリッサは小さく首を横に振った。尋問をしたのは事実だが、それは必要なことであって、決して無闇に責めた訳ではないという意思表示だ。

それを確認したアイリスは再び子供達に向き直る。そうして二人を安心させるように微笑んで、まずはネイトの頭を優しく撫でつけた。

「うわぁ、な、なにするんだよ!?」

「怖かったたね。でも、お姉ちゃんが来たからもう大丈夫だよ」

怯えるネイトの頭を優しく、ただ優しく撫でつける。心配しなくても大丈夫だよと、そんな想いが込められた優しい手つきで、ゆっくりとネイトの頭を撫でつける。

ネイトが落ち着くのを待って、今度はイヴの頭を撫でつけた。

「わわ……わ……」

驚いたイヴがほんの少しだけ身を固くする。けれど、アイリスが自分達に危害を加えるつもりがなく、ただ優しく撫でつけているだけだと気付くにつれて緊張がほぐれていく。

アイリスが子供の扱いに慣れていることにクラリッサは気が付いた。

「少しは落ち着いたかな？」

「……うん。取り乱してごめんなさい」

「僕もごめんなさい」

イヴに続いてネイトも頭を下げた。

二人が怯えるのには理由があった――けれど、二人が取り乱したのもまた事実。そこをちゃんと謝ることが出来る二人は、レベッカにしっかりと躾けられているのだろう。

アイリスもそれが分かっているようで「二人ともちゃんと謝れてえらいね」と微笑んだ。

「まずは……そうだね。二人は、どこまで事情を理解している？」

アイリスの問い掛けに、二人が顔を見合わせて頷き合う。そうして、ネイトが「お母さんが王様を裏切っていた……って。……本当なの？」とすがるような顔をする。

それは違うって、否定して欲しいのだろう。

なのに――

「――本当だよ」

アイリスは事実を口にした。

それを横で聞いているクラリッサは異を唱えたい衝動に駆られるが、いまの自分はその立場にない――と、きゅっと唇を噛んで沈黙を守る。

「……そんな、お母さんはどうしてそんなことをしたんだよっ。そのせいで、僕やイヴまでなにかしてたんじゃないかって疑われたんだぞっ!?」

「……そうだね」

必要だったこととはいえ、二人にはショックな出来事だっただろう。だけど……いや、だからこそ、それは明確にするべきことではなかった。

そう思うクラリッサに反して、アイリスはなおも真実を明らかにしていく。

「ねぇ二人とも。あなた達のお母さんがどうしてそんなことをしたのか、知ってる？」

（それ以上はやめてあげてくださいっ！）

そんなクラリッサの心の声は届かない。

「――あなた達のためだよ」

容赦なく真実を突きつけるアイリスに、二人は揃って息を呑んだ。

（どうして、そんな酷い現実を突きつけるんですか……？）

レベッカの罪の減刑を願ったのはアイリスだ。

そして、二人を自分の使用人として保護すると言い出したのもアイリスだ。なのに、どうして二人をそんなふうに悲しませるのかが分からない。

さすがにこれ以上は見ていられないと、クラリッサが止めようとする。

だけど、その直前。クラリッサの視界に、酷くシワになっているスカートが目に入った。アイリスが自らのスカートをぎゅっと握り締めていたのだ。

あまりに強く握っているため、細い指が白くなってしまっている。

(考えがあっての行動、なんですね)

その考えがどのようなものかは分からない。だが、アイリスは子供達の悲しみを理解した上で行動している。それに気付いたから、クラリッサはもう少しだけ見守ることにした。

「レベッカが許されないことをしたのは本当だよ。でもそれは、あなた達を護るため」

「なんだよそれ、僕達のためって、そんな――っ」

声を荒らげるネイトが急に言葉を飲み込んだ。

彼の服の袖をイヴが引っ張っていた。それに驚いて沈黙したネイトを横目に、いままで怯えていたはずのイヴが身を乗り出した。

「……私達のためって、どういうこと?」

「お母さんは悪い人に脅されたんだよ。あなた達を護りたければ言うことを聞けって」

「私達のために悪いことをした、の……?」

「そうだよ」

アイリスはイヴの視線をまっすぐに受け止めて、その現実を突きつけた。イヴは悲しげに、けれど「そう、なんだ……」と納得するような仕草をみせる。

「なんだよ、それ。なんだよそれ! それじゃ僕達が悪いっていうのか!?」

声を荒らげるネイトに対し、アイリスはさきほどと違って首を横に振る。

「悪いのは、レベッカを脅した人達だよ」

「じゃあ……お母さんは悪くないのか？　王様に叱られなくて済むんだな？」

「うぅん。あなた達のためだとしても、レベッカが罪を犯したのは事実だから」

すがるような視線を見せるネイトに、アイリスは更なる現実を突きつけた。

沈黙を守っていたクラリッサはきゅっと拳を握り締める。さきほどから、アイリスは幼い子供に対して悲しい現実を突きつけすぎている。

理由があるのだとしても、もう子供達が耐えられないと思った。

だけど——

「わたくしは、レベッカのことを尊敬するよ」

アイリスが続けたのはそんな一言だった。

「……どういう、こと？」

「レベッカは使用人として許されないことをした。でもそれは、あなた達を護るため。そうしたら自分が叱られるって知っていて、それでもあなた達のために決断したんだよ」

アイリスはそこで一度言葉を切って、だから——と続けた。

「とてもとても素敵なお母さんだって、わたくしはそう思うよ」

二人が目を見開いて、それからボロボロと泣き始める。

(あぁそっか。二人がどうして絶望していたのか、アイリスさんは分かっていたんですね)

大人達に責められて悲しんでいたのは事実。

母親が罪を犯したと知って悲しんでいたのも事実。

だけど子供達が絶望していたのは、母親が自分達を裏切ったように思えたこと。

もしもただ慰めるだけなら、母親が罪を犯した理由を知らずに悲しみを乗り越えていたのなら、彼らは自分達が親に裏切られたと誤解していただろう。

アイリスは子供達に悲しい現実を突きつける代わりに、それだけ母親に愛されていた事実をも教えたのだ。

それが正しい慰め方だったというのは結果論だ。

もしかしたら、二人は罪悪感に押し潰されていたかもしれない。だけど二人は泣きじゃくりながらも、母に裏切られた訳ではないと知って安堵している。

そのうえで、アイリスはレベッカや尋問官の擁護を始めた。

いわく、大人達が尋問したのは、二人が無関係だと証明するため。いわく、レベッカの行動には事情があり、黒幕逮捕に協力しているので減刑される。

それらのことを丁寧に説明して安心させた上で、これからどうしたいか問い掛ける。

「あなた達のお母さんの罪は軽くなるはずだけど、しばらく働くことは出来ないわ。だから、このままだと路頭に迷うことになるでしょう。だから、あなた達が望むのなら、わたくしが手を差し伸べましょう」

今度こそ——と、付け加えられた言葉は小さすぎてクラリッサにしか聞こえなかった。それがなにを示しているのかクラリッサには分からない。

けれど、あなた達のために罪を犯したお母さんの優しさに報いるために頑張ってみませんかと、続けて問い掛けるアイリスに対して、二人は真剣な顔でこくりと頷いた。

7

アイリスがまだフィオナだった頃。

寝室で眠っていた彼女は嫌な気配に目を覚ました。同時に敵意が向けられていることを察したフィオナはベッドの上を転がる。

寸前まで自分がいた場所にナイフが突き立てられていた。

「曲者(くせもの)っ！」

飛び起きて寝ずの番の護衛を呼ぶが反応がない。

襲撃者は複数。

護衛は既に殺されたと判断したフィオナは迷わず窓に駆け寄った。

フィオナの寝室は三階。まさかと襲撃者の反応が遅れる。フィオナはその一瞬で窓を蹴破り、月明かりの降り注ぐ夜空へとその身を踊らせた。

月光を受けて煌めくピンクゴールドの髪。

夜空を舞う妖精はけれど、重力に引かれて落下する——が、精霊の加護を発動させたフィオナは受け身を取って中庭に降り立った。

「誰か、曲者だよっ！」

フィオナの叫び声に周囲が騒がしくなる。味方の声がするほうに逃げようとするが、立ち上がろうとしたフィオナは足に痛みを感じてうめき声を上げた。

もしかしたら折れているかもしれない。少なくとも走るのは無理だ。さすがのフィオナでも三階から飛び降りるのは無理があったらしい。

そして——

「まったく、驚かせてくれるな」

ロープを使ってするすると窓から伝い下りてくる襲撃者達。フィオナが逃げるよりも、味方が駆けつけるよりも、襲撃者が迫るほうが速いと理解させられる。

（せめて、なにか武器があれば……っ）

護身用の武器は枕の下に置いてきてしまった。なんとか立ち上がりつつ、なにか武器になりそうなものはないかとあたりを見回す。そこへ短剣を低く構えた男が突っ込んでくる。

絶体絶命のピンチ。

それでも目は閉じずに敵を見据える。

そんなフィオナの視界に黒い影が飛び出してきた。

――どんっと衝撃が走る。

フィオナの前に飛び出してきたのは見覚えのあるメイド。

「貴女は……」

「フィオナ様、無事、ですか？」

月明かりに照らされたのは苦悶に満ちた女性の顔。

そこからは一瞬だった。状況を理解したフィオナは襲撃者がメイドから短剣を引き抜いた瞬間にそれを奪い、瞬く間に襲撃者を無力化。

他の襲撃者が攻めあぐねているあいだに味方が到着して事無きを得た。

だけど、フィオナを救ったメイド――レベッカが負ったのは致命傷だった。手厚く手当をされて、それでも彼女が夜明けを迎えることはないだろうと聞かされた。

フィオナはレベッカを見舞い、どうして自分を助けてくれたのかと問い掛ける。

そうして知ったのは、襲撃者を手引きしたのがレベッカだという事実。彼女は子供を盾に脅されて、いくつかの命令を実行したそうだ。

だけど、レベッカはこんなことになるとは思っていなかった。彼女はアルヴィン王子の不正を暴くために協力してくれと言われていたらしい。

だが、それが嘘だと知った。

だから、身を挺してフィオナを庇ったのだという。

「私は、許されないことをしました。でも、どうか子供達、だけは……」

切なる願いをもって伸ばされた手は、フィオナが摑もうとした矢先に力尽きた。

フィオナがピンチに陥ったのはレベッカのせいであり、その願いを叶える義理はない。

だけど、命を救われたのも事実。

せめてもの感謝の気持ちと、フィオナは騎士に子供達の保護を命じる。だが、ほどなく騎士から伝えられたのは、レベッカの最期の願いはもはや叶えられないという現実だった。

「……ようやく、あのときの義理を果たすことが出来ましたね」

独りごちたアイリスは、それからネイトとイヴが城に住み込める環境を整えた。二人に課題を出して、自分自身はフィオナの教育係としての活動を開始する。

そんなある日、アイリスはフィオナの待つ部屋へと足を運んだ。

「いらっしゃい、アイリス先生。すごくすごく待ってたよ！」

「あら、そんなにわたくしの授業を待ちわびていてくださったんですか？」

「うんっ！　さっそく、剣の訓練をしよっ」

開口一番に戦いを挑まれてこめかみを押さえた。

「ダメですよ、フィオナ王女殿下。貴女は剣姫であると同時に女王になる身なのですから、礼儀作法や座学、それに歴史なども学んでいただく必要があります」

「……むぅ、どうしても？」

「どうしても、です」

ダメですよと念を押すが、残念そうなフィオナを前に、アイリスの毅然とした態度はすぐに崩れていく。少し考えたアイリスは「他の勉強を頑張ったら考えます」と妥協する。

「むぅ……じゃあ、一つだけ教えて？　そうしたら、お勉強を頑張るから」

「……なんですか？」

仕方ありませんねと、アイリスは持ってきた資料を机の上に並べながら問い返す。

だけど――

「アストリアがおかしなことを言うの。加護を与えていないはずなのに、アイリス先生が自分の加護を持っている、って」

アイリスは思わず資料を取り落とした。

アストリアというのは、フィオナに加護を与えた精霊の名前だ。

精霊は基本的にアストラルラインと呼ばれる地脈で暮らしている。地脈が地上に露出しているのは限られた場所だけで、そのうちの二つがレムリアとリゼルの王城にある。

レムリアには剣精霊であるアストリアが姿を現し、リゼルには魔精霊のフィストリアが姿を現す。これがレムリアで剣姫が生まれ、リゼルで賢姫が生まれる理由である。

ゆえに、アイリスとアストリアのあいだに接点はない。にもかかわらず、前世の記憶を取り戻したアイリスはアストリアの加護を使うことが出来る。

それがどういうことなのか、アイリスはいままで深く考えていなかった。だが、加護を与えていないはずの相手が加護を持っている。

その事実に精霊が疑問を感じているらしい。

(精霊が相手だと、下手に嘘を吐くことも出来ませんね)

「剣精霊との繋がりはたしかに感じています。ですが……不完全な形ですよ？」

これは事実である。

アイリスが加護を受けたのは魔精霊のフィストリアのみ。だけど、フィオナとして過ごした時間の中ではアストリアをはじめとした複数の精霊から加護を与えられている。

ただし、その加護は前世のときよりも弱まっている。これは、加護を与えられたのが前世の自分であって、いまここにいる自分ではないからだとアイリスは考えていた。

「心当たりはあるの？」

「これはあくまで仮説ですが、わたくしの魂がアストリアの加護を得ているのではないでしょうか？　だから、その魂を持って生まれたわたくしにアストリアの加護があるのでは、と」

「ん〜そっかぁ。たしかにそうかもね。アストリアも同じことを言ってたし」

ひとまずフィオナを納得させることには成功した。だがそれは、アイリスの前世がアストリアから加護を受ける存在だったと肯定したも同然だ。

（さすがに、わたくしに前世の記憶があったり、その前世がフィオナだなんてバレるとは思えないけど、気を付けるに越したことはなさそうですね）

そんなふうに考えつつ、アイリスはパンパンと手を叩いた。

「さあ、質問は終わりです。これからは勉強をしてくださいね？」

「……分かってるけど、お勉強は集中力が続かないんだよぅ」

少しだけ不満気なフィオナは、勉強があまり好きではないようだ。ようだというか、前世がフィオナだったアイリスはそのことをよく知っている。

だから——

「否定から入るのではなく、どうやったら集中できるか考えましょう。そのほうがずっとずっと建設的な考え、というものですよ」

「集中する方法？」

「たとえば……フィオナ王女殿下。お勉強が強さに関係ないと、本当にお思いですか？」

イタズラっぽく問い掛けると、フィオナの前髪がピクンと跳ねた。

フィオナにとって最優先なのは強くなること。そうなるように彼女は育てられた。それでも即座に飛びついてこないのは、勉強をさせるための口実だと疑っているからだろう。

「わたくしはダンスも踊れますし、芸術もたしなんでいます。それに王女殿下に教えられる程度には学問も修めていますし、礼儀作法だってご覧の通りです」

上品に微笑んで、スカートの裾を摘んでみせる。その足運びは一流の剣士のそれだ。優雅にカーテシーをおこないながら、そのたたずまいには一片の隙もない。

「そのうえで、わたくしは賢姫です。もしも学問と強さが無関係ならば、わたくしがフィオナ王女殿下と剣で渡り合えるはずがない。そう思いませんか?」

おおむねは出任せである。

座学や芸術が戦闘にまったく関係がない、とは言わない。だが、剣姫として突き詰めるのであれば、剣術に集中したほうが近道だろう。

そもそもアイリスが剣術に長けているのは、フィオナとしての人生があったからだ。ゆえに、この説得はフィオナの剣姫としての成長を妨げるかもしれない。

だが、フィオナは剣姫として生き、無知であるがゆえに裏切りに遭って破滅した。生まれ変わったアイリスにとっては他人事だが、前世の自分がそのような目に遭うのは忍びない。

アイリスがフィオナの教育係を買って出たのにはそういう理由がある。

あるのだが——

「つまり、アイリス先生みたいにいろいろ学べば、私はもっともっと強くなれるんだね！　すっごーい、私も先生みたいになれるように頑張ってお勉強するよっ！」

フィオナはあっさりと、まるで疑うことなく信じてしまった。アイリスはフィオナを可愛いと思うと同時に、前世の自分はこんなにチョロかっただろうかと微妙な気持ちになった。

8

普段はフィオナの教育係として働き、空いている時間でネイトやイヴを使用人として鍛えていく。レムリア国に来たアイリスは忙しくも充実した日々を送っていた。

そうしてレムリア国での生活にも慣れてきたアイリスだが、少しだけ問題が生じていた。

それはたとえば、フィオナに音楽を教えていたときのことだ。

グランドピアノで伴奏をするアイリスに合わせ、フィオナがヴァイオリンを演奏する。

初代剣姫が友人の作曲家に依頼したという伝統ある曲で、とてもとても親しみのある音楽なのだが、練習場にはなんとも言えない音色が響き渡っていた。

剣姫としてただひたすら励んできたフィオナは少々……いや、だいぶ演奏が苦手だ。

ただし、問題とはそれのことではない。

フィオナは日を追うごとに、強さを示すアイリスに傾倒していっている。決して出来の良い生徒とはいえないが、ひたすら真面目に課題をこなして成長している。

　問題なのは――

「王子……邪魔っ」

　アイリスは素っ気なく言い放った。グランドピアノの上で指を踊らせるアイリスのプラチナブロンドを、アルヴィン王子が指先で弄んでいるのだ。

「おまえの髪はまるで絹のように艶やかでとても触り心地がよいのだ」

「よいのだ、ではありませんよ。乙女の髪をなんだと思っているのですか？」

「……乙女？」

「ぶっとばしますよ」

　まったく遠慮のない言葉。

　アイリスのアルヴィン王子への対応は日々ぞんざいになっている。最初は苦言を呈していた使用人達も、だったら王子を諫めてくださいというアイリスの抗議に口を閉ざした。

　――とアイリスは思っている。実際はじゃれ合っているだけだと認定されて、温かく見守られているだけなのだが……それはともかく。

「みだりに女性の髪に触れてはならぬと、王子は学ばなかったのですか？」

「心配するな。俺がこのように触れる相手はおまえだけだ」

「この王子皮肉が通じないっ！　というか、フィオナ様が集中できないのでやめてください」

ただでさえ、フィオナは武術以外のことに対する集中力は長続きしない。

彼女がヴァイオリンを弾くすぐそばでこんな会話をしていれば、フィオナの集中力が削がれていくのは火を見るよりも明らかだ。

「たしかに、な。——フィオナ。一流の剣士は類い希なる集中力が求められる。そのように意識を散らしていては俺やアイリスには勝てないぞ？」

「わ、分かってるよっ！」

こちらをチラチラとうかがっていたフィオナだが、再びヴァイオリンに意識を戻す。

アイリスは、違う、そうじゃないと心の中で突っ込んだ。

「という訳で、フィオナのことは心配せずともよいぞ」

「……王子」

「なんだ？」

「ほどほどにしてくださいよ？」

「心得た」

いろいろと諦めたアイリスは伴奏に集中する。

アイリスの伴奏に合わせて、フィオナがヴァイオリンの弓を引く。伝統を感じさせつつも、明るいメロディーを奏でているのだが——フィオナの演奏には感情がない。華がないと言い換えてもいいだろう。ただ淡々と譜面をさらっているような、そんな印象を受ける。

アイリスは伴奏にタメを作り、フィオナの演奏に起伏が生まれるように誘導する。上半身を揺らしながら伴奏をしていると、髪に触れていたアルヴィン王子が髪に顔を寄せてくる。

邪魔だと演奏に合わせて頭突きをするが、アルヴィン王子はそつなく避けてしまった。

「お兄様っ！　授業の邪魔をしないでください！」

ついには耐えきれなくなったフィオナが声を荒らげて詰め寄ってくる。だがアルヴィン王子はその抗議を余裕の笑みで受け止めた。

「なにを言う。俺は別におまえの邪魔はしていないだろう？」

「アイリス先生にベタベタしてるじゃないっ、私の先生だよ！」

「そうだ、俺が連れてきた、な。感謝してもいいのだぞ？」

「そ、それは、感謝してるけど……」

（素直で可愛いなぁ……）

アイリスはフィオナを見てそんな感想を抱くが、アルヴィン王子は苦笑した。おそらく内心ではチョロイとでも思っているのだろう。心の声が思いっきり表情に反映されている。

それに気付いたであろうフィオナの頬がぷくぅと膨らんだ。

「もうもうっ、とにかく気が散るから邪魔しないでっ！」

「自分の集中力のなさを人のせいにするのは感心しないな」

「むぅぅ、だったらお兄様は、同じ状況でちゃんと演奏できるんですか!?」

「――ふっ」

アルヴィン王子はフィオナのもとに歩み寄ると、その手からヴァイオリンを奪い取り、アイリスに向かって伴奏を促してくる。

「……わたくし、フィオナ王女殿下の授業をしているんですが？」

「お手本がないから上手くならないんだ」

「まぁ、そうかもしれませんが」

俺がお手本だとばかりの態度。その不遜な態度に呆れつつ、お手本があれば負けん気の強いフィオナがやる気を出すのも事実だろうと思い直す。

そして――

フィオナが背後から抱きついてきた。アイリスの首筋に顔を寄せてこすりつけてくる。どうやら、邪魔をするところまで再現するつもりのようだ。

(でもこれ、集中力が削がれるのはわたくしですよね)

アルヴィン王子がアイリスの髪を触っていただけなのに対して、フィオナはアイリスに頬ずりまでしている。物理的に演奏が阻害されているのだ。

(従兄妹でのじゃれ合いに巻き込まないで欲しいんですが……あれ？　でもこれ、お兄様は放っておいて、フィオナとじゃれ合っていてもよいのでは？)

そんなことを考えるが、早くしろとアルヴィン王子に急かされる。

アイリスはこっそりと溜め息を吐いて伴奏を始めた。淡々とした、いかにも練習向けですと言わんばかりの伴奏に、アルヴィン王子がヴァイオリンを被せてくる。

原曲からは想像できないほど情熱的な音色がヴァイオリンからあふれてくる。

淡々なアイリスの伴奏を嘲笑（あざわら）うかのように自己主張が激しい。まるで、その程度では俺の伴奏には相応しくないとでも言いたげだ。

少しだけ負けん気が顔を出す。

伴奏者として必要なのは忠実であること。

だが、なにに忠実なのかは解釈によるだろう。

基本的には、楽譜に対して忠実であればよい。だが、アルヴィン王子の解釈は楽譜と異なり、情熱的なメロディを奏でている。

アイリスに求められるのは原曲のイメージを壊すことなく、アルヴィン王子の演奏を際立たせること。ただそれだけを目指して、アイリスは指を踊らせていく。

重要なのは一音一音に込めた意思。

伴奏者としての能力を発揮することでアルヴィン王子の演奏に対抗する。

強く、優しく、情熱的に、細くしなやかな指が鍵盤の上を舞い踊る。額から流れ落ちる汗もそのままに、アイリスは一心不乱に音楽を奏でる。

そして一曲が終わったとき——

「どういう訳だ」

アルヴィン王子が勝ち誇ったように言い放つ。どういう訳だとアイリスが首を傾げるが、アルヴィン王子の視線はアイリスではなくその背後に向けられていた。

アイリスはようやく、フィオナが自分に抱きついていたことを思い出した。

「フィオナ、おまえは自分とアイリスの気が散ると言ったがそれは違う。おまえは集中力が足りないだけだし、アイリスは集中する必要がなかっただけだ」

「むぅ〜〜〜っ」

たしかに、アルヴィン王子の言う通りだ。

フィオナの伴奏中は、アルヴィン王子のちょっかいに文句を言う余裕があった。だが、アルヴィン王子の伴奏中は、フィオナのちょっかいを意識から閉め出した。

それだけアルヴィン王子の演奏に集中する必要があったからだ。

つまりは、アルヴィン王子のちょっかいに気を取られるのはフィオナの演奏が未熟な証。

だが——

「という訳で、フィオナはそれを踏まえて演奏してみろ」

フィオナにヴァイオリンを返却したアルヴィン王子が再びアイリスの髪に触れようと手を伸ばす。それをアイリスがペチンとはたき落とした。

「……王子、これ以上邪魔をするなら授業に立ち会うのを禁止にしますよ？」

「ちっ、仕方ない。今日のところは引き上げるとするか」

「明日も来ないでくださいね」

「今日は言われた通り邪魔をしないのだからその要望は却下だ」

素っ気なく送り出すアイリスに、けれどアルヴィン王子はまるでめげない。

明日も顔を出すと言って退出していった。

（まったく、難儀ですね）

アイリスに興味を持っているように見せかけているが、おそらくはめくらましだろう。前世のアイリス――つまりは数年後のフィオナを失脚させたのはアルヴィン王子だ。

そのアルヴィン王子が、フィオナを教育するアイリスを邪魔する。普通に考えれば、その目的はフィオナが下手な知恵を付けないようにすることだ。

もっとも、その場合はそもそもアイリスを教育係にしなければよかったなどの矛盾点もあるが、アイリスに分からないだけでなにか理由があるのだろう。

少なくとも――

（お兄様がわたくしを気に入ったなどという可能性よりはずっと高いはずよ）

アルヴィン王子に気を許すのは命取りだ。油断することは出来ない。しっかりとフィオナを育てようと決意を新たにしていると、そのフィオナがばっと手を上げた。

「アイリス先生！」

「はい、なんですか？」

「アイリス先生は、私の先生ですよね？」

「もちろんです。わたくしが貴女を護ります」

「……ふえ？」

うっかり護ると言ってしまったため、驚いたフィオナが目を瞬く。アイリスは咳払いをして、

「わたくしが貴女を育てます」と言い直した。

なお、言い直したセリフもあまり方向性が変わっていない。

「じゃあじゃあ、お兄様とじゃなくて、私とさっきみたいな演奏をしてくださいっ」

「……さっきみたいな、ですか？」

「アルヴィンお兄様と、すっごく楽しそうに演奏してたでしょ？」

一瞬なにを言われたか分からなかった。

そしてすぐに、フィオナが妬いているのだと気が付いた。

「心配しなくても、貴女のお兄様を取ったりしませんよ？」

途端、フィオナがふくれっ面になる。

だけどムキになって練習を始める。この日を境にフィオナの上達は早くなった。

9

アイリスがレムリア国に移ってからしばらく経ったある日。

フィオナは親戚のパーティーに出席していて、ネイトとイヴはクラリッサから礼儀作法を学んでいる。その日のアイリスは、珍しくのんびりとした一日を過ごしていた。

身分を偽っている彼女にそれほど自由はないが、教育係である彼女が王城の中庭を歩き回ることを咎める者はいない。

アイリスはこれ幸いと、誰かが世話をしているであろう花壇をのんびりと眺めていた。

「……さすがによく手入れされていますね」

花壇には季節に合った花が植えられている。ほのかに香る花の匂いに目を細めていたアイリスは、けれどハッと振り返って眼前に魔術による結界を展開した。

リィンと澄んだ音が中庭に響き渡った。

アイリスが展開した結界が、アルヴィン王子の振るった剣を受け止めた音だ。その澄んだ音を聞いた者達の視線がアイリス達に集まる。

アルヴィン王子はニヤっと笑って剣を引いた。

「……王子、なんの冗談ですか？　お戯（たわむ）れが過ぎます」

「なんだ、いきなり斬り掛かられてその程度の反応か」

「王子がわたくしの後を付けていたことには気付いていましたから。まさか斬り掛かられるとは思いませんでしたが」

アルヴィン王子はフィオナと同じく陛下の孫だ。ただし、第一王子を父に、剣姫を母に持ち、自身も剣姫であるフィオナと違い、アルヴィン王子は第二王子である父と愛妾の間に産まれた子供である。

王位継承権はフィオナのほうが高く、後ろ盾も強い。そのためにフィオナが次期女王と定められていた。

だが失われた歴史の中で、彼はグラニス王が崩御した際に中継ぎの王となり、その後はフィオナを失脚させて城から追放している。フィオナを疎ましく思っていても不思議ではない。

つまり、フィオナの教育係であるアイリスを快く思っていない可能性もある。そんな認識の中、不意にアルヴィン王子に斬り掛かられて焦らないはずがない。

実はかなり動揺していたが、アイリスは努めて平常心を装った。

「それで、わたくしを殺すおつもりですか？」

「まさか。おまえなら止めると思っての行動だ」

「わたくしが止めなければどうするつもりだったんですか？」

「むろん、寸止めくらいはするさ。万一でも――」

ジト目で睨みつけるアイリスに、アルヴィン王子は鞘に収まった剣を指し示す。動揺していて気付かなかったが、彼が持つのは殺さずの剣だった。

「……それ、当たっても死なないだけでものすごく痛いんですけど？」

「なんだ、これで斬られたことがあるのか？　フィオナは一撃も当てられなかったと言っていたはずだが……誰に斬られた？」

「むぐっ。……秘密です」

前世のアイリスはアルヴィン王子に剣の相手をしてもらっていた。当然、殺さずの剣を使用することも珍しくなくて、何度も痛い思いをさせられていた。

そのときの記憶を思い出して恨みがましい視線を向ける。

「しかし、やはり魔術だったか」

「……はい？」

「いや、おまえが奥の手を隠し持っていることは予測していたが、それがなんなのか気になっていてな。なにかとんでもない奥の手があるのかと期待していたんだが……」

（……危ないところでしたね）

もう少し気付くのが遅れていたら、別の手段を選んでいただろう。そういう無意識の行動を引き出そうとしたアルヴィン王子のしたたかさに舌を巻く。

「ところでアイリス。木漏れ日の下だと、いっそうその髪が美しく映えるな」

「王子の頭の中にはお花が咲き乱れているのですか？」

「ふっ、相変わらずおまえは面白い」

　言い終えるより早く、アルヴィン王子から横薙ぎの一撃が放たれた。それを危なげなく魔術で受け止めながらもアイリスは眉をひそめる。

「アルヴィン王子、どういうつもりですか？」

「少し手合わせに付き合え」

「無茶を言わないでくださいませ」

　基本的に剣は近接戦闘をメインとして、魔術は遠距離戦闘をメインとする。相手が明らかな格下ならばともかく、アルヴィン王子に素手のアイリスが近接で挑むのは無謀に過ぎる。

　——だというのに、アルヴィン王子は続けざまに剣を振るう。

　手元に発生させた結界で上段からの一撃を逸らし、横薙ぎの一撃は弾き飛ばす。遠目には丸腰の令嬢がアルヴィン王子の剣を素手であしらうというとんでもない光景。

　そこらの騎士なら自信を喪失しそうな状況だが、アルヴィン王子は目を爛々と輝かせた。

「さすがはアイリスだな」

「さすが、ではありません。乙女になんたる所業ですか、ぶっとばしますよ」

「——ふっ、やれるものならやってみろっ」

　アイリスは右腕を振るう。同時に解き放ったアイリスの紅い魔力が稲妻となってアルヴィン王子に襲いかかるが、彼はそれを殺さずの剣で斬り裂いてしまう。

「電撃を斬るなんて非常識なっ」

「魔術で剣を防ぎながら、ノータイムで反撃の魔術を使うお前に言われたくはないぞ」

「わたくしはこう見えてあまり余裕がないんですが――」

紙一重の攻防を続けながら、そろそろ助けてもらえませんかと周囲に視線を向けるが、護衛達は感嘆の面持ちで戦いを注視しており、メイド達は二人の戦いに見惚れて頬を染めている。

（この国にはまともな人はいないんですか……っ）

アイリス自身もこの国の出身といえるのだが、アイリスとして育ってからフィオナの記憶を思い出した彼女にその意識は薄い。

（仕方ありませんね……）

アイリスはちらりと中庭を横切る渡り廊下に視線を向ける。一階部分と二階部分がそれぞれ廊下になっていて、二つの建物を繋いでいる。

「先日、おまえの願いを叶えてやっただろう？」

アイリスが行動に移る寸前、アルヴィン王子が攻撃を止めてそう言った。まるでアイリスの思考を読んで、逃亡を牽制したかのようなタイミングだ。

「……その借りを返せとおっしゃるのですか？」

一度決まったことを反故にするのは不義理である。だが不義理であることを無視するのであれば、アルヴィン王子はレベッカの処遇を変えられる地位にいる。

彼はそういう人間だっただろうかと、アイリスは警戒心を剝き出しにした。

「いや、あれの貸し借りは既に精算されている」

「……では、なんだというのですか？」

最悪のケースではなかったが、その件をほのめかすのだから無関係ではないはずだ。一体この王子はなにを企んでいるのかと警戒する。

「おまえが手合わせに応じれば、レベッカが子供達と定期的に面会できるようにしてやろう」

「お話になりませんね」

ネイトとイヴが切望しそうな提案を、けれどアイリスは一蹴した。

「……ほう？　では、おまえの望みはなんだ？」

「レベッカをわたくしの使用人に。ネイトとイヴの教育を任せます」

「……正気か？　あれは内通者だ。それを雇うなどと、面会を許可するのとは訳が違うぞ」

「わたくしが責任を持って彼女を雇います」

レベッカが問題を起こせば自分が責任を取るという意味——であると同時に、使用人に裏切られたのは、雇い主であるアルヴィン王子に問題があったという皮肉。

「ふっ、言うじゃないか。いいだろう。俺に勝ったら再雇用を認めてやる」

「言質は取りましたよ」

アイリスはおもむろに芝の上にしゃがみ込んだ。

「……なにをするつもりだ？」

「あなたの敗因は、その好奇心の強さです」

アルヴィン王子が本気ならば、アイリスがしゃがむ隙を逃さずに攻撃を仕掛けていただろう。だが彼はアイリスがなにをするかたしかめずにはいられなかった。

だからあなたの負けだと、アイリスは芝の上に手をついた。

地面が持ち上がり、その上にしゃがむアイリスを浮き上がらせた。それと同時に剣精霊の加護を発動。身体能力を強化した彼女は宙を舞った。

虚空でクルリととんぼを切って、二階建て渡り廊下の屋根に降り立った。

「さぁ、今度はわたくしの番ですよ」

「お、おい、まさか……っ」

「アルヴィン王子、わたくしを楽しませてくださいね？」

アルヴィン王子に向かって手のひらを突きつけた。その先に描き出した紅い魔法陣、そこからバチバチと放電現象を発生させながら、アイリスは妖しい微笑みを浮かべる。

10

「……ずいぶんといい趣味をしているな」

「あら、かよわい賢姫には相応しい戦い方だと思いませんか？」

城の建物と建物を繋ぐ渡り廊下。

その屋根の上に降り立った公爵令嬢十八歳。プラチナブロンドとドレスの裾を風になびかせるアイリスは、魔法陣から放電現象を発生させて妖しく微笑んでいる。

賢姫というより悪役令嬢そのものである。

「さぁ、行きますよ」

アイリスが魔法陣に更なる魔力を注ぎ込んだ。魔法陣の表面を覆っていた紅い魔力がバチバチ弾け、それが稲妻となってアルヴィン王子へと襲いかかる。

「——くっ」

王子は殺さずの剣でその稲妻を斬り裂いた。相変わらずの化け物じみた技量だが、アイリスの構築した魔法陣は、アイリスが魔力を注ぐたびに稲妻を放つ。

「ふふっ。どうしました？　防いでばかりでは勝てませんよ？」

「ちぃ、やはり連射も出来るのか！」

屋根の上。アイリスが手のひらの前に展開した魔法陣は嵐の夜のように荒れ狂い、二筋、三筋と、稲妻がアルヴィン王子に牙を剝く。

右へ左へ、ときに剣を振るって稲妻を斬り裂く。アルヴィン王子は善戦しているが、アイリスは次々に稲妻を降らせていく。その姿は実に楽しげだ。

「アイリス嬢、おやめください！」

アルヴィン王子の護衛達が慌てて制止の声を上げる。だがアイリスが不利だったときに止めようとしなかった彼らの言葉を聞く義理はない。

「アルヴィン王子のご要望です。止めたいのなら、わたくしではなくそちらの脳筋王子をお止めください。むろん、その場合は王子の敗北とみなしますが——」

「おまえ達、手出しも口出しも無用だ！」

アイリスの言葉を遮ったアルヴィン王子が護衛に命令する。よほどアイリスとの手合わせを楽しんでいるのだろう。その言葉には水を差されたことへの苛立ちが感じられる。

「しかし、アルヴィン王子っ！」

「俺は邪魔をするなと言っているのだ。それに心配ない。あれは悪者ぶっているが、ちゃんと威力を抑えている。もし当たったとしても、俺が死ぬようなことにはならん、心配するな」

（さすがによく見ていますね）

アイリスの使用している魔術はいわゆる捕獲用だ。命中するとしばらく痺れて動けなくなるが、よほどのことがなければ命に別状はない。

「……かしこまりました」

なにか言いたげな護衛達は、けれどアルヴィン王子の命令を優先して引き下がった。

ちなみに、メイド達は止めるでもなく、むしろさきほどよりも黄色い声を上げている。半分くらいの視線がアイリスに向けられているのは、まぁ……そういうことだ。

「待たせたな、再開だ」

「護衛の進言を聞いてやめておいたほうがよかったのではありませんか？　そうすれば、敗北の言い訳になりましたのに」

「ほざけっ」

飛来する二つの影。一つは結界で弾き飛ばし、もう一つはその柄を素手で摑み取った。アルヴィン王子の投擲（とうてき）したそれは短剣だった。

「……どうして王子が暗器（あんき）なんて隠し持っているんですか」

「おまえのために用意した殺さずの短剣だ」

「色気のないプレゼントですねぇ」

「受け取っておいてなにを言う。それとも、夜会用のドレスでもプレゼントしようか？」

返答の代わりに、摑み取った短剣を投げ返す。

それは狙い違（たが）わずアルヴィン王子の胸へと吸い込まれるが、それが届く寸前、アルヴィン王子の振るった剣によって叩き落とされた。

その隙を狙って三本、同時に稲妻を放ったのだが、そちらは器用に躱（かわ）された。

「……いまのを凌ぎますか、厄介な」

屋根の上にいる限り敗北はないが、殺傷力が低い魔術では決定力に欠けてしまう。かといって、殺傷力の高い魔術を使うと、それはもはや殺し合いだ。

（本当に厄介ですね）

アイリスの目的はアルヴィン王子を殺すことではない。相手に敗北を認めさせ、そのうえで賭けの内容を履行させることである。

殺傷力の高い攻撃を使った場合、アイリスは間違いなく周囲から敵視されるだろう。試合に勝ったとしてもアイリスは目的を果たせない。敗北よりなお悪い結果を招いてしまう。

「……仕方ありませんね」

アイリスは小さく息を吐いてトンと屋根を蹴った。

二階建て渡り廊下の屋根の上。虚空に身を躍らせたアイリスは着地の寸前で魔術を発動、風を纏ってふわりと降り立った。

「……どういうつもりだ？　屋根の上にいればおまえの負けはなかったはずだ」

「ですが、目的も果たせません。ですから、わたくしに殺さずの剣を貸してください」

接近戦で決着を付けようということ。その意図を汲み取ったアルヴィン王子が護衛の一人に殺さずの剣を用意させる。それを受け取ったアイリスは剣を下段に構えた。

「……ほう、やはり戦い慣れているな」

アルヴィン王子はアイリスの構えをそう評価する。

下段の構えは攻撃に向かない。それどころか、防御に向いているとも言い難い。決して対応力の高くない構え——だが、重い剣を持ち続けるのには向いている。

抜刀に隙の多い長剣においては、警戒中に好まれる構えである。アイリスがその構えを取ったのは、技量に自信があり、かつ筋力や持久力の低さを自覚しているからに他ならない。

「わたくしは見ての通りかよわい乙女ですから」

「美しい女であることは認めてやろう。だが——」

アルヴィン王子が一足で距離を詰めて斬り掛かってきた。アイリスは跳ね上げた剣でその一撃を危なげなく受け止める。

その直ぐ目の前、剣を押しつけるアルヴィン王子がニヤリと笑った。

「俺の一撃を易々と受け止めるかよわい乙女がいてたまるか」

「あら、ここにいるではありませんか」

「ぬかせっ」

剣を押し込み、そのままクルリと身体を捻って回転斬りを放つ。

背中を向けた瞬間は無防備だが、回転のタイミングが上手い。アイリスの体勢を崩した一瞬でクルリと回っていて隙を上手く消している。

反撃を諦めたアイリスは、遠心力の加わった重い一撃を辛うじて受け止めた。

その重さに思わず顔をしかめる。

「くくっ、訂正してやろう。たしかにおまえはかよわい乙女のようだ」

「ぐぬっ、あなたに言われるとなんだか無性に否定したくなりますね！」

全身を使ってアルヴィン王子の剣を押し返し、その反動を使って飛び下がる。その一瞬に出来たスペースで剣を振るう引き打ち。

フィオナが使ったのと同じその一撃は、けれど易々と弾き返された。

「どうした、その程度か？」

「まだまだ、これからです！」

重い剣に振り回されないように、アイリスはコンパクトな攻撃を繰り出していく。だが、アルヴィン王子はそのことごとくを受け止める。

アイリスが攻撃を仕掛ければアルヴィン王子は弾き返し、アルヴィン王子が反撃を仕掛ければアイリスはその攻撃をいなしていく。

(さすがお兄様。悟られないレベルとはいえ、加護を発動させているのにそれでも届きませんか)

小気味良い金属音がリズミカルに響き渡るが、それに比例してアイリスの手は痺れていく。

ふわりと舞うアイリスの髪が木漏れ日を浴びて煌めき、王子の瞳は爛々と輝いている。その鋭くも美しい光景に、護衛ばかりか通りがかった使用人達までもが目を奪われる。

二人の技量は拮抗(きっこう)していて、永遠に続くかに思われた。けれど、徐々にアイリスの動きが鈍っており、その透けるように白い肌には汗が浮かんでいる。

「そろそろ決着を付けるとしよう」

アルヴィン王子が腰の位置で剣を構えた。下段の構えとは異なり、そこから放つ一撃に特化した構えで、放たれる一撃は神速で重い。

アルヴィン王子の決め技の一つである。

「……いいでしょう」

対するアイリスは上段に剣を構えた。いまのアイリスではその構えは長く続けられないし、一度振り下ろしたら二の太刀は致命的に遅くなる。

この一撃で決める――と、そこに込められた意思は明白だ。

「いくぞっ！」

おもむろにアルヴィン王子が一歩を踏み込んだ。

それと同時にアイリスも踏み込み、二人は同時に剣を振るう。否、アイリスのほうがわずかに速い。アルヴィン王子の動き始めを読んで、その一瞬前に動いたのだ。

アイリスの一撃が、横薙ぎに振るわれたアルヴィン王子の剣を捉えた。

――刹那、弾かれたのはアイリスの剣だった。アイリスの剣は手を離れて空を舞い、アルヴィン王子の剣は勢いを落としながらもアイリスに迫る。

アイリスはとっさに身体を捻りながら魔術で結界を張る。

リィンと甲高い音が鳴ったのは一瞬、結界は粉々に砕け散った。ガラスのように飛び散る結界の破片の間を縫うように剣が迫り来る――が、その一撃は大きく勢いを落としている。

アイリスは剣から逃れるために背後に倒れ込む。

――刹那、アイリスは小さく笑った。

アイリスは剣を失い、圧倒的に不利な状況に陥った――と見える。だがそれは剣士同士の戦いだったらの話であり、魔術師であるアイリスにとって失った剣は武器の一つでしかない。

ゆえに、アイリスは不利になってなどいなかった。

上段に構えたのは、この一撃が全てだと思わせるための布石だった。そうしてアルヴィン王子の油断を誘い、直接触れて電撃を叩き込む。

その刹那のシミュレーションを終えると同時に剣が胸元を通り過ぎ――

「――なっ!?」

驚きの声を零したのはアイリスのほうだった。

アイリスを掠めた剣はそのままどこかへと飛んでいった。アルヴィン王子が剣を手放したからだと気付いたとき、彼はアイリスの懐に入り込んでいた。

身を起こして魔術を展開しようとするが、それより早く王子に肩を押された。

たたらを踏んで後退しようとする。

そのふくらはぎを刈り取るように、アルヴィン王子の足が差し入れられた。

仰け反りながらも、足を刈られて下がることが出来ない。アイリスは為す術もなく背後に倒れ込み――背中に回されたアルヴィン王子の腕に抱き留められた。

アルヴィン王子がアイリスをどうとでも出来る状況――だが同時に、アイリスもまた魔法陣を展開した手のひらをアルヴィン王子の胸に添えている。

「……引き分けか」

「王子が余裕ぶってわたくしを抱き寄せたりしなければ勝っていたかもしれませんよ？」

「そういうおまえも、俺に怪我をさせることを嫌っただろう」

事もなげに言ってのける。

アルヴィン王子はアイリスがなぜ屋根から下りたのか気が付いているようだ。

「こうしていると、ダンスを踊ったときを思い出すな」

アルヴィン王子はアイリスの頬に汗で張り付いた髪を払いのける。中庭の一角で抱き合う二人の姿にメイド達から黄色い声が上がるが、当のアイリスは半眼になった。

「……あまりベタベタしないでくださいませんか？」

「おまえの汗はサラサラのようだが」

「そんな話はしてないよっ！」

裏拳を放って、アルヴィン王子が回避した隙に腕の中から抜け出す。そうして距離を取って「ふしゃーっ」とばかりに警戒すると、おまえは野生の獣かと呆れられた。

だが、魔術が発動できるように手のひらを突き出すと、アルヴィン王子が眉をひそめた。

「アイリス、それは……」

「近付かないでください、撃ちますよ」

　威嚇するが、アルヴィン王子は無防備に詰め寄ってきた。反撃を躊躇っているうちに距離を詰めたアルヴィン王子に手を握られる。

「……なにをするんですか？」

「なにを、じゃない。手のひらの皮が剝けているじゃないか」

「あぁ……これですか。普段は剣なんて握りませんからね」

　剣を握らない者の技量ではない。そんな矛盾に気付かなかったはずはないのだが、アルヴィン王子はただ「すぐに治療させよう」と治癒魔術師を呼びつける。

「いえ、わたくしが餌に釣られただけですから、王子の気にすることではありません。それに、この程度の傷なら自分で癒やせます」

「それでも、だ。それと……レベッカが子供達と内密に会えるようにしてやる。そうだな、ひとまずは週に一度くらいだ」

「……アルヴィン王子？」

「おまえに無茶をさせた詫びだ。……すまなかった」

　アイリスの手当を使用人に命じて立ち去っていく。それを見送るアイリスは、王子の背中に後悔の色が滲んでいるのを見つけてふっと笑みを零した。

11

「お断りします」

ある風の気持ちよい麗(うら)らかな昼下がり。

アルヴィン王子に呼び止められたアイリスは即答した。

「まだなにも言っていないんだが？」

「では、頼み事ではないんですね？」

「いや、頼み事だ」

「お断りします」

「では、どうすれば頼みを聞いてくれる？」

にべもないアイリスだが、アルヴィン王子にめげる様子はない。そのメンタルの強さに、アイリスは少し感心してしまった。

それに――

（権力を振りかざすのではなく、頼みを聞いてもらう方法を尋ねてくる辺りは好感が持てると思ってしまうんですよね）

アルヴィン王子はフィオナを失脚させて城から追放した張本人だ。それを許すことは出来ないが、彼の性格は憎みきれない。

「……一体、どんな用件なんですか？」

「おぉ、聞いてくれるのか？」

「話を聞くだけです。頼みを聞くとは言っていませんよ」

「俺のパートナーとしてフィオナの誕生パーティーに参加して欲しい」

「……フィオナ王女殿下の誕生パーティー、ですか？」

聞かなければよかったと溜め息をつく。

パーティーでパートナーを務めるのは家族。それ以外では恋人や婚約者。アルヴィン王子のパートナーを務めるということは、婚約者候補として見られるということだ。

（正直、思いっ切りお断りしたいですが……）

でも同時に、フィオナの誕生日は祝いたいと苦悩する。このパーティーがフィオナにとっての転換期、重要な意味があることを思い出したからだ。

「つかぬことをうかがいますが、パートナー以外に出席する方法は……？」

「ない」

ものすごく端的に告げられた結論に「そうですよねぇ」と唇を尖らせた。

いまのアイリスはアイスフィールド公爵家の娘ではなく、認知されていないどこかの貴族の娘でしかなく、フィオナの教育係という肩書きもパーティー出席には役に立たない。

「むぅ～」

「どうした？　フィオナの誕生日を祝いたくはないのか？」

「それはまぁ……祝いたい、ですけど」

折れようとした瞬間、アルヴィン王子が実に意地の悪い笑顔を浮かべた。

「ならば『アルヴィン王子、わたくしをパートナーにしてください』と言ってみろ」

「ぶっとばしますよ？　むしろ、アルヴィン王子がわたくしに懇願したらどうですか？　わたくしをパートナーとしてパーティーに伴いたい、と」

挑発するような笑みを浮かべる。

そんなアイリスの頬に、アルヴィン王子の手のひらが添えられた。

「アイリス、おまえの美しさは参列者達の心を惹きつけてやまないだろう。数多の星々よりもなお美しいおまえを俺のパートナーとして伴いたい」

「まったく誠意が感じられないので却下です」

令嬢をダース単位で釣り上げそうなアルヴィン王子の口説き文句を一蹴する。アルヴィン王子は少しだけ考えて「おまえを連れて行くと楽しそうだ。またおまえと踊りたい」と笑った。

「……まぁ妥当なところですかね。わたくしもフィオナ王女殿下の誕生日を祝いたいですし。仕方がないから、貴方のパートナーになってあげますよ」

アルヴィン王子を慕う令嬢が聞いたら憤死しそうな上から目線で了承して、アイリスはアルヴィン王子のパートナーとしてパーティーに出席することになった。

そしてやってきたパーティーの当日。

「アイリス様、とてもお似合いですよ」

「ありがとう、あなた達」

貸し与えられた控え室で、アイリスが飾り立てられていた。

淡いブルーを基調としたドレスを身に纏い、花に真珠をあしらった髪飾りでハーフアップにした髪を結い上げていく。

それをなしているのはネイトとイヴ。後ろで監視しているクラリッサの指示を受けながら、ぎこちないながらも精力的に動いている。

「クラリッサ、二人の教育係を受けてくれてありがとう」

「私から言いだしたことなので、気にする必要はありません」

鏡に映る彼女はふいっと視線を逸らした。

――あれから、レベッカの活躍もあってウィルム伯爵は捕まった。事件の詳細は聞かされていないが、伯爵はアルヴィン王子に明確な恨みがあることを認めたらしい。

沙汰はまだ下されていないが、王家への反逆行為で重い罰が下されるようだ。

そんな訳で、同時にレベッカが関わっていたことも明るみに出た。アルヴィン王子は約束通りレベッカの罪を減刑してくれたが解雇は免れず、また噂にもなっている。

よって、ネイトやイヴに対する風当たりは否応もなく増している。

彼女達の教育係の人選にも苦労したのだが、クラリッサが引き受けてくれた。二人の監視というのが彼女の言い分だが、そうでないことはその態度を見れば明らかだ。

クラリッサは厳しくも優しく二人を導いている。

その様子を鏡越しに見守っていると、不意にノックの音が響いた。

イヴはアイリスの髪の手入れをしていて、手が空いているネイトが扉を開ける。けれど、その向こう側になにを見たのか、そのまま硬直してしまった。

「……ネイト、どうしました？」

「えっと……その、王子様が。え、あっと……その、アイリス様はまだ準備中です」

「アイリス、迎えに来たぞ」

扉の外からアルヴィン王子の声が響く。

「迎えに来た、ではありません。まだわたくしは準備中ですよっ」

「だが、ここに男のネイトがいる。ならば俺が入っても構うまい」

「どういう理屈ですか、入ってきたら怒りますよ」

鏡越しに声を飛ばすが、アルヴィン王子は迷わず扉を開け放った。ネイトとイヴが慌ててアルヴィン王子の前に立ちはだかった。

「……なんだ、この国の王子である俺の道を塞ぐつもりか？」

「ぼ、僕の主はアイリス様だ――ですっ」

「そうです。アイリス様がダメって言ったらダメなんですっ」

鏡に映る二人の背中がぷるぷると震えている。

自分達の置かれている状況を理解してなお、アイリスを護ろうとしている。アイリスはそんな二人の背中を愛おしげに見つめて「ネイト、イヴ、通していいですよ」と許可を出す。

それから、部屋に入ってきたアルヴィン王子にじとーっと半眼を向ける。

「王子ともあろう者が責務に忠実な使用人を脅さないでください」

「ふっ、おまえの見る目はたしかだったようだな」

二人の忠誠心を試したということ。

続けてアルヴィン王子はクラリッサへと視線を向けた。

「よくやった。俺の要望通りだな」

「はい、王子の好みは心得ておりますから」

そんな二人のやりとりにアイリスは怪訝な顔をした。それからハッとなにかに気付いて、ネイトとイヴを手招きして呼びつける。

「あなた達、今日のコーディネートはどうやって決めたのですか？」

「え？　クラリッサ先生の話を聞きながら、イヴと話し合って決めましたけど……」

ネイトが首を捻った。

それを見てアイリスはしてやられたことに気が付いた。

ネイトもイヴもまだまだ未熟で、自分でコーディネートを考えるほどの実力はない。つまり選択肢はクラリッサが用意した訳で――

『(王子が好む)この淡い色のドレスと、(やっぱり王子が好む)このヒラヒラのドレス、どっちがアイリスさんに似合うと思いますか?』

なんて聞き方をされたら、そのどちらかを選ぶに決まっている。つまり、いまのアイリスはアルヴィン王子に対してこびっこびな格好ということである。

「――よし、着替えましょう」

「ちょ、アイリスさん、王子の前ですよ!?」

「アイリス様、ダメですよ!?」

「うわぁっ!?」

「こら、アイリスっ!」

アイリスがドレスを脱ごうとすると、その場にいる全員に押さえつけられた。そうしてドレスを脱がないことを約束させられてようやく解放される。

「……まったく、おまえは少し恥じらいが足りないのではないか?」

「失礼な。恥じらったからドレスを脱ごうとしたのではありませんか」

「恥じらうところが違うっ」

アルヴィン王子に叱られ、アイリスは「むぅ」っと唇を尖らせる。

「……それで、なにをしに来たんですか？」

「むろん、おまえの姿を見に来たに決まっている」

「だったら、自分好みに着飾ったわたくしを見てさぞ満足でしょうね」

皮肉を込めて言い返すと、彼は少しだけ意外そうな顔をした。

「なんだ、その服装が気に入らなかったのか？　おまえの魅力がもっとも引き立つようにさせたつもりだったのだが……俺の見る目もまだまだだな」

「……王子の好みを押しつけたのではなかったのですか？」

首を傾げるアイリスに、彼はすごく嫌そうな顔をした。

「俺がそのようなタイプに見えるのか？　素材の良いおまえはなにを着ても似合うから、おまえが好みそうな服装を用意してやれと言っただけだ」

「……誤解していました。王子もたまには良いことを言うのですね」

「たまには余計だ。ほら、腕を取れ」

アイリスは、少し躊躇った後に差し出された肘に腕を絡ませる。アルヴィン王子に誘(いざな)われ、アイリスはフィオナの誕生パーティーの会場へ向かった。

12

王城に存在する煌びやかなパーティー会場。淡い色のドレスを纏うアイリスが、アルヴィン王子のエスコートに誘われて絨毯の上を歩く。

シャンデリアの明かりを浴びて、歩みに合わせて広がるプラチナブロンドが煌めいている。

次期女王の伴侶として目されていた、そのアルヴィン王子が別の女性をエスコートしていることにざわめきが広がっていった。

「あれは誰だ?」「王子がリゼル国から連れてきたらしい」「では——」なんて声が聞こえる。

「……うぅ、やっぱりパーティーに出なければよかったです」

自分の存在が周囲にどのような印象を与えているか再認識してうめき声を上げる。それでも、周囲に向ける笑顔を崩さないのはさすがと言えるだろう。

「だが、フィオナの誕生日を祝いたかったのだろう?」

「ええ、まぁ……そうなんですが」

「ならば諦めろ。なにか言われてもフィオナの教育係で押し通せばいいだろう?」

「そうですね。なにかあれば貴方に責任を取ってもらうことにします」

納得しない者はアルヴィン王子に丸投げするという意味。面倒なことはアルヴィン王子に任せようと、アイリスは早々に思考を放棄した。

だが、その言葉を聞いた王子が目を見張っていた。

「……なんですか？　まさか、説明する義務はないとか言うつもりじゃないでしょうね？」

「いや、その……なんでもない」

アイリスは小首を傾げ、まぁ別にいいかと問題を放り投げた。

「しかし、おまえは本当にフィオナが好きなのだな」

「可愛いですからねぇ」

アイリスにとっては前世の自分だが、同時にアイリスはここに存在している。いまのフィオナは、アイリスにとっては妹のように感じられる。

(最初はお兄様に裏切られるはずの自分を助けたいだけ、だったんですけどね)

前世のわたくしはとても可愛いと、アイリスはすっかりフィオナがお気に入りだ。

だが、アイリスがこのパーティーに参加したのは他にも理由がある。フィオナの祖父である現国王、グラニス・レムリアはまもなく老衰で死んでしまう。

祖父がフィオナの誕生日を祝うのは今回が最後なのだ。

祖父とフィオナが共に過ごせる最後のパーティーを一緒に祝いたいという想いと共に、かつての祖父にもう一度会いたいという想いがあった。

「おや、貴方が王女殿下以外の女性をエスコートするなど初めてではありませんかな」

「これはレスター侯爵。彼女はフィオナの教育係ですよ。教え子の誕生パーティーにどうしても参加したいというので、私がパートナーとして伴っているのです」

猫を被ったアルヴィン王子がアイリスを紹介する。その次に、アイリスに向かってレスター侯爵の紹介を始めた。

だが、アイリスは聞くまでもなく彼を知っている。

ブルーノ・レスター。

レスター侯爵家の当主であり、この国の大臣をしている。また、いまは亡きリゼッタ——フィオナの母親の後見人でもあり、見た目通りに温厚な性格のお爺さんである。

「お初にお目に掛かります。わたくしはアイリス。フィオナ王女殿下の教育係をしております」

「……それはそれは、さぞ優秀なのでしょうな」

レスター侯爵の視線にはこちらを探るような意思が見え隠れしている。それを作り笑顔で受け止めつつ、アイリスは自分が警戒されている理由を考える。

(言葉通りに受け取らず、アルヴィン王子の良い人として疑っている、といったところでしょうかね？　彼の立場なら警戒する必要もあるでしょうし……)

アルヴィン王子に相応しいかなんて試されたら面倒だ。どうしたものかとアイリスが逡巡したそのとき、アルヴィン王子が「彼女はとても優秀だ」と肯定してしまった。

「ちょうどいい、アイリス——」

「――嫌です」

彼にだけ聞こえるように拒絶するが、彼は「ヴァイオリンを演奏してくれ」と続けてしまった。半眼になるアイリスに、けれどレスター侯爵が「それは楽しみだ」と逃げ道を塞(ふさ)ぐ。

「……アルヴィン王子？」

「別に隠すようなモノではないだろう？」

「それは、そうですが……」

剣技と違って――という副音声を正しく聞いたアイリスはこっそりと溜め息を吐く。

「フィオナに聴かせてやってくれ」

「仕方ありませんね、今回だけですよ！」

「表情と言葉が合っていないぞ。……おまえは、本当にフィオナが好きなのだな」

呆れるアルヴィン王子の腕を抓(つね)ってから離れた。

それから、アルヴィン王子の指示のもとに一度退席した。そうして準備を終えたアイリスは、ヴァイオリンを手に即席の舞台に上がる。

その瞬間、会場の明かりが少しだけ暗くなり、アイリスに魔導具の光が降り注ぐ。

スポットライトを浴びて煌めくプラチナブロンド。透けるような肌をほんのりと上気させて微笑む。淡いドレスを身に纏う彼女は、さながら光の精霊のようだ。

見目麗しい令嬢の登場に会場がざわめいた。

けれど、アイリスがヴァイオリンの弓を引いた瞬間、波が引くように会場が静まっていく。

アイリスの響かせる音色は優しく、それでいてどこか切ない想いを抱かせる。名匠が作ったヴァイオリンの音色をアイリスが最大限に引き出していく。

あの美しい令嬢は誰だと囁く声が聞こえる。

それがアイリスの耳に障る。

わたくしの容姿よりも演奏を聴きなさい――と、アイリスは弓を引く。

そんなとき、驚くような小さな声がアイリスの耳に届いた。囁き声よりもなお小さな呟きに、けれどアイリスは視線を向ける。そこには、目を丸くしたフィオナの姿があった。

誕生日おめでとう――と微笑んで、アイリスはヴァイオリンで想いを音楽に変える。

フィオナはこれから数々の困難に見舞われる。

予期せぬ陛下の崩御によって歴史が大きく動き出す。アルヴィン王子が中継ぎの王となり、大臣達と共に国を維持するが、水害や飢饉、様々な厄災が国に襲いかかる。

疲弊した民が求めたのは剣姫の即位。幼く未熟な彼女は、けれど完璧であることを要求され、それでも期待に応えようと努力を重ねた。

だけど、フィオナはアルヴィン王子の裏切りによって失脚。城を追われた彼女は旅をして、やがてたどり着いた隠れ里で出会った仲間達と楽しい日々を送る。

だがそれも長続きせず、魔物の襲撃から隠れ里を護って短い一生を終える。

悲しい結末を回避するには、襲いかかる困難を乗り越えなくてはいけない。その困難に一緒に立ち向かいましょうと、アイリスはかつての自分を想って音楽を奏できった。

一瞬の沈黙を挟んで、割れんばかりの喝采が湧き上がった。それが雨のように降り注ぐ。アイリスは弓を掲げて降り注ぐ喝采に応え、それからフィオナに向かって頭を下げる。

こうして演奏は終わり、アイリスはアルヴィン王子のもとへと戻ろうとした。だがその道すがら、アイリスの前に立ち塞がる男がいた。

リゼル国の第一王子。

アイリスのかつての婚約者である。

エピソード3

悪役令嬢の家庭教師様

1

「……ザカリー王太子殿下。なぜこの国にいらっしゃるのですか？」

「なぜだと？　俺がレムリア国の王女の誕生パーティーに出席することのなにがおかしい」

（おかしすぎて突っ込めないよっ！）

アイリスはそんな内心を辛うじて隠した。

王太子が隣国の次期女王の誕生パーティーに参加すること自体は不思議じゃない。実際、アルヴィン王子もリゼルのパーティーに参加している。

だが、ザカリー王太子は謹慎させられていたはずだし、既に謹慎が解けているのだとしても、よりによってザカリー王太子がアイリスのいるこの国に……である。

「おまえこそ、どこへ逃げ出したかと思えば、こんなところにいたとはな」

サプライズでヴァイオリンを奏でたアイリスはまだ周囲の注目を集めている。ザカリー王太子の言葉を聞いた者達が目をすがめた。

「ザカリー王太子殿下、少々酔っていらっしゃるのではありませんか？」

「はぁ？　愚かなおまえには、俺が酒を飲んでいるように見えるのか？」

（愚かなのはそっちだよ、このバカ王太子っ！）

アイリスは心の中で思いっきり叫んだ。

ここは他国の、それも王族が主催するパーティーの会場である。

それに、アイリスは教育係という名目でこの国に滞在しているが、このパーティーには王子のパートナーとして参加している賓客である。

王子のパートナーと分からずとも、ドレスから賓客であることは予想できるはずだ。そんなアイリスに他国の王子が心ない言葉を投げかける。それだけでも常識を疑われるが、彼は言うに事欠いて、アイリスを非難する言葉として、他国の王城をこんなところと言い放った。

このパーティーを貶(けな)していると取られても仕方がない。

だからこそ、アイリスは酔った上での失言だとフォローしたのだ。なのに彼は酒を飲んでいないと真っ向から否定してしまった。

これを愚かだと言わずになんと言おう。

アイリスは頭を抱えつつ怒鳴りたい衝動に駆られるが、ザカリー王太子に忠告しても子供の喧嘩になるのが関の山だろう。

（お兄様なら迂遠な表現もちゃんと理解してくれるのに……っ）

「どうした、質問に答えないのか？　……はっ、さては、俺に婚約を破棄されたショックからまだ抜け出せないでいるのだな」

「いえ、それはありません」

「くっ、そういうところだぞっ！」

「王太子殿下もそういうところですよ？」

なにがそういうところなのかは知らないが、アイリスはこれ幸いと言い返した。

これでザカリー王太子に無礼なと言い返されても、悪口だったのですか？　と、とぼけることが可能で、とても使い勝手がいい。

ちなみに、アイリスの言うそういうところとは、面倒くさい性格のことである。

そんなアイリスの話術を理解しているのかいないのか、ザカリー王太子が不満気に口を開く。

それが声になる直前、心配したような顔のアルヴィン王子がやってきた。

なお、心配そうな顔であって、心配している顔ではない。

(むしろ……なんだか不満気？)

アルヴィン王子の顔を見上げたアイリスはそんな感想を抱いた。

そのやりとりを見たザカリー王太子が眉をひそめ——

「なんだ、おまえは？」

アイリスは天を仰いだ。むろん、淑女としてそのような真似は出来ないので、その仕草をしたのは心の中でだけ、だが。

「彼はわたくしのいまの雇い主、アルヴィン王子です。アルヴィン王子。彼はリゼル国の王太子、ザカリー様です」

客人でもあり、次期国王でもあるザカリー王太子を上位として紹介する。

　ただし、王族の素質としてはアルヴィン王子のほうが格段に上だ。馬鹿なことはしないでくださいねと、アイリスは天に祈った。

「王子、だと？」

「名乗るのが遅くなった。俺はアルヴィンだ。ここにいるアイリスは従妹の教育係として雇っている。彼女がなにか粗相でもしただろうか？」

「いや、そういうわけではないが……」

「であれば、彼女への誹謗中傷は止めていただこう」

「誹謗中傷ではないぞっ！　そいつが俺に婚約を破棄されたのは事実だ！」

　ザカリー王太子が声を荒らげた。

　そして「断じて俺が婚約を破棄された訳ではない」と彼は続ける。どうやら、アイリスに振られたという噂が広まったことを相当に恨んでいるらしい。

　察するに、アイリスが出奔してからも言われ続けたのだろう。その恨みを口にすることで怒りがぶり返したのか、ザカリー王太子は更に捲し立てる。

「俺に婚約を破棄された後、そいつは自分が俺を振ったと吹聴したのだ。しかも、そいつは振られた腹いせにすぐに他の男とダンスを踊った尻軽だ！」

（そのダンスの相手はこの人だから！　なんで気付かないんですかっ!?　わたくしを貶していつもりでしょうけど、他国の王子を貶していますからっ！）

もう黙りなさいよこのバカ王太子と、アイリスは悲鳴を上げる。互いの国力に差はないけれど、ないからこそ、非礼を働いたほうが不利になる。

どう考えても王太子の非礼というか、会場の空気を読めていない。

（そういうところですよ、ザカリー王太子っ！）

やばいよーとアルヴィン王子を見ると、笑顔の奥でものすごく冷たい目をしていた。自分に向けられていない殺気であるにもかかわらず、アイリスは思わず身震いしてしまう。

「分からないようだな、ザカリー王太子殿下。我が従妹殿の祝いの席で、そのような聞くに堪えない囀りをやめろと言っているのだ」

「なんだと……っ」

声を荒らげそうになったザカリー王太子が息を呑んだ。おそらくはアルヴィン王子の殺気を感じ取ったのだろう。だが、それはあまりに遅すぎた。

アルヴィン王子は笑顔を張り付かせたまま口を開く。

「ハッキリと言おう。王太子殿下が振ったか振られたかなどどうでもよい。重要なのは、アイリスがフィオナのお気に入りの教育係だということだ」

「そ、それがなんだというのだ」

「アイリスの元婚約者とは思えないな。王太子ともあろう者が、他国のパーティーでその国の重鎮を悪しざまに貶める。その意味を理解できないのか？」

「それは……」

（確実に国際問題、ですね）

もっとも、ここで素直に謝罪、もしくはそれに準ずる態度を取ることが出来ればまだ水に流すことも出来るのだが、ザカリー王太子はそのような考えを持ち合わせていない。

アイリスはこめかみに手を添えて溜め息をついた。

そんなアイリスに向かって、アルヴィン王子がにやっと笑いかけてくる。

「……なんですか？」

「この際だから、言いたいことがあれば言ってしまえ」

いまなら文句を言い返しても、ザカリー王太子に反論の余地はない。虎の威を貸してやるから、存分に言い返してやれ――と、彼はそう言っているのだ。

「……よいのでしょうか？」

「おまえは、好き勝手に言われたままで終わる女なのか？」

「わたくしをなんだと思っているのですか」

「では言わないのだな？」

「言いますけど」

「言うんじゃないか」

ほら見たことかとばかりに笑われた。アルヴィン王子の思惑に乗るのはしゃくだが、せっかくの機会を逃すアイリスではない。

「ザカリー王太子殿下。貴方は振られた腹いせだとおっしゃいましたが、そのようなことはあり得ません。なぜなら、わたくしは努力家が好きなのです」

「……なっ」

「殿下の魅力を見いだしてくださる女性と結ばれることを祈っておりますわ」

ふわりと微笑んで言い放った。

痛烈な皮肉に、耳をそばだてていた者達が苦笑する。それほどまでに、アイリスの言葉は端的に、そして遠回しにザカリー王太子殿下を扱き下ろしていた。

自分は努力家が好きだから、努力家でない貴方は好きじゃない。貴方の魅力を見つけてくれる人がいるといいですね——と、彼女はそう言い放ったのだ。

「お、おまえは……俺にそのような口を利いて、許されると思っているのか？」

「あら、わたくしはただ、努力家が好きだから、他の女性を射止めた貴方に腹を立てたりしないと申し上げただけですのに、一体どのような解釈をなさったのですか？」

ザカリー王太子が愛する者と結ばれるために、アイリスとの婚約を破棄した。

その努力を称えるという意味だった可能性もある。なのに、いまの言葉を皮肉だと受け取るということは、自分が努力家でないと認めるも同然だ。

それに気付いたザカリー王太子がうめき声を上げて黙り込む。

「もうお下がりください、ザカリー王太子殿下。リゼル国で育った貴方に他国の作法は馴染みのないものでしょう?」

「アイリスの言う通りだ。友好の証にと招いた王子が、まさか国際マナーを知らぬ愚か者とは思ってもいなかった。この件は後日、そちらの王に抗議させていただく」

せめてものフォローも、アルヴィン王子によって攻撃の材料へと変えられてしまう。どうやら、アルヴィン王子はこの件を丸く収めるつもりはないようだ。

「抗議だと？　ただの王族が、王太子である俺にそのような口を――」

「――ザカリー王太子殿下っ！」

王太子の声を掻き消すように声が響いた。

アイリスはその声に聞き覚えがある。慌てた様子で飛んでくるのは、ザカリー王太子のお目付役を兼ねる家臣の一人、エイヴォンだった。

2

「ザカリー王太子殿下、勝手に歩き回らないように言ったはずです！　一体なにをやっているのですか――と、アイリス様⁉　貴女がなぜパーティーに⁉」

アイリスに気付いたエイヴォンが目を見張る。

それだけで、アイリスはザカリー王太子がここにいるおおよその事情を察した。

アイリスがこの国の王女の教育係となったことは、リゼル国の重鎮なら知っている事実である。そして教育係は普通パーティーに出席などしない。

また城も広く、王族が暮らす区画と来客が滞在する区画は離れている。ザカリー王太子がこの国のパーティーに出席したとしても、アイリスと出くわす可能性はとても低い。

――と、思っての選択だったのだろう。そう考えれば、ザカリー王太子がパーティーに参加している理由も浮かび上がる。

ザカリー王太子がアイリスを手放したことはとんでもない失態だ。本来であれば、王太子の地位を剝奪されても不思議じゃない。

だが、婚約が破棄されたのはアイリスがザカリー王太子を見限ったからというのが表向きの理由なので、それだけでは王太子の地位から降ろすことは出来ない。

そんなことをしたら、王族がアイリスを手放したことが真実だと知られてしまうからだ。

つまり、適当な理由が出来るまで、ザカリー王子は王太子の地位のまま。王太子であれば、レムリア国の王女の誕生パーティーに出席することも必然、という訳だ。

アイリスに出会わないことを前提に、無難な選択をした結果、だったのだろう。

(なんだか申し訳ないことをしてしまった気がします)

ザカリー王太子本人はともかく、陛下や周囲の人間は十分に配慮していた。なのに、教育係でしかないはずのアイリスが王族のパーティーに参加しているのだ。

エイヴォンが驚くのも無理はないだろう。

だが、それは今更だ。

アイリスはまずアルヴィン王子へと視線を向け「彼はザカリー王太子殿下のお目付役で、リゼル国に仕える家臣です」と告げる。

それからあらためてエイヴォンへと視線を向けた。

「久しいですね、エイヴォン。この方はいまのわたくしの雇用主で、アルヴィン王子です」

「アルヴィン王子……あのアルヴィン王子殿下ですかっ⁉　こ、これは失礼いたしました。お話の邪魔をした非礼をどうかお許しください」

「ふむ……まぁ許す。そなたは苦労が絶えないであろうからな」

アルヴィン王子が同情する素振りを見せた。

そこに隠された意図に気付いたエイヴォンは顔を強張らせ、ザカリー王太子――ではなく、真っ先にアイリスに向かって、なにかあったのか教えを請うような視線を向けてきた。

だからアイリスは首を横に振って、手遅れですと心の声を返す。彼は絶望に彩られた顔をして、それでも一縷の望みを掛けてザカリー王太子へと視線を向けた。

「ザカリー王太子殿下……なにを、なにをなさったのですか⁉」

「アイリスを見つけたから、俺に婚約を破棄されたクセに、さも自分が俺を振ったように吹聴した尻軽だと、そこの偉そうな王子に教えてやっていただけだ」

エイヴォンは両手で顔を覆って俯いた。

だが、さすがはお目付役。すぐに立ち直って王太子殿下に詰め寄る。

「アルヴィン王子殿下のことはお教えしたでしょうっ！　彼は既に数多の戦場を駆け抜ける本物の英雄ですよ!?　それをなんという言い草ですかっ」

エイヴォンが小声で説教を始めるが、興奮しすぎたせいかこちらにまで聞こえている。いや、あえてこちらに聞こえるようにしている可能性もある。

王太子個人はともかく、リゼル国がアルヴィン王子を見くびっている訳ではない、と。この時点でザカリー王太子を庇うのではなく、国全体の利益を考えて行動している。

（優秀な方なんですが、王太子の教育だけは上手くいってないんですよね。彼にも苦手があるのか、生徒に問題があるのか……後者でしょうね）

「いえ、いまはそのようなことを言っている場合ではありません」

説教を切り上げたエイヴォンがザカリー王太子の頭を摑む。そうして、嫌がる彼に無理矢理頭を下げさせる。

その行為に、様子を見守っていた者達からざわめきが上がった。

「アルヴィン王子殿下、並びにアイリス様。我が国の王太子が大変失礼をいたしました！　正式な謝罪は後日必ずということで、いまは途中退席する無礼をお許しください」

「……いいだろう」

アルヴィン王子の許可を得て、エイヴォンがザカリー王太子を退出させようとする。だが、それより一瞬早く、アルヴィン王子が声を上げた。

「そうそう。あの日、アイリスが楽しそうに踊っていた相手は俺だ」

(また余計なことをっ！)

その言葉にザカリー王太子がなにかを言おうとするが、エイヴォンがそれを言わせなかった。彼は有無を言わせず王太子を引きずっていく。

それを見送ったアイリスは、周囲の興味が過ぎるのを待ってアルヴィン王子を見上げる。

「……王子、なぜあのような挑発を？」

「許せ、おまえの元婚約者だと思うとつい」

「ついではありません、ついでは」

知らなかったということは、周囲が隠していたということだ。それをわざわざ教えるなんて、自ら火種に油を注ぐようなものだとアイリスは溜め息をつく。

火ではなく火種なので、油に飲み込まれて鎮火するかもしれないが。

とにかく、言ってしまったものは仕方がない。

それに今後の展開を考えれば、アルヴィン王子の挑発など些細なことだ。

「どうするつもり、なのですか？」

「そうだな……陛下に相談する必要があるが、おまえがとりなしたことにしてリゼル国に恩を売るのはどうだ？　少しは故郷での名誉回復に繋がるだろう？」

「……驚きました。わたくしの心配をしてくださるなんて」

「俺のことをなんだと思っているんだ？」

「淑女にいきなり斬り掛かる悪辣王子です」

「あれは……すまなかった。たしかに悪辣だと言われても仕方がない行動だったな」

　思いのほか真面目な謝罪が返ってきた。

　意外すぎるその返答に、アイリスは逆に戸惑ってしまう。

「……なにか、理由があったのですか？」

「人間性というのはとっさの状況でこそ曝け出される。おまえがフィオナを任せるに値する人間か確かめたかったのだ」

「それは……」

　あのときは、邪魔なアイリスを消そうとしているのかと疑った。

　けれど、その後の行動を考えれば、アルヴィン王子がフィオナの教育係であるアイリスを疎ましく思っているようには思えない。

　それどころか、フィオナを任せられる人間として期待しているようにすら思える。

（お兄様はフィオナを追い落とし、城から追放するはずなのに……）

一見すると矛盾しているように見える。それはつまり、一見でなければ矛盾していない、アイリスの知らない事実が存在している証拠に他ならない。

アルヴィン王子はフィオナを陥れて追放するが、フィオナの未来を憂えている。その二つの事象が矛盾しない答えがどこかに存在するのだ。

むろん、いまはただの仮定でしかない。けれど、もしかしたらフィオナが追放される未来を変える切っ掛けになるかもしれない。

そんなふうに考えていると、アルヴィン王子が「すまなかった」と頭を下げた。

「……やめてください、周囲の人が何事かと見ていますよ」

「なんだ、見られないところでなら良いのか？」

「ええ、誰にも見られない場所でなら遠慮なく突き放せますから」

「せっかくだ、俺と一曲踊らないか？」

「人の話を聞いてくださいっ」

アイリスは溜め息をつき、けれどストレス発散に身体を動かすのもいいかもと考える。そうしてアルヴィン王子の誘いを受けようとしたところに――

「ちょっと待ったっ！」

小柄な影が割り込んできた。

「フィオナ王女殿下？」

（急にどうして……あぁそっか、フィオナはお兄様に憧れているんでしたね）

認めたくないことだけど——と、アイリスはその事実を受け入れる。そのうえで、将来裏切るはずの彼とあまり仲良くさせるのはよくないと考える。

だけど同時に、誕生パーティーくらいは、とも思った。そうしてアルヴィン王子の前から退くが、フィオナはなぜかアイリスの腕にしがみついてきた。

「アイリス先生と踊るのは私！　お兄様には譲りませんっ」

（あれ、フィオナが踊りたいのはお兄様じゃないの？）

なぜわたくしと、とアイリスは首を傾げた。

だが——

「フィオナ、なにを言っている。いまは俺がアイリスを誘っていたのだ。横からしゃしゃり出てくるのはマナー違反ではないか？」

「でも、アイリス先生は私のお祝いのために出席してくれたんでしょ？」

「そうだ、俺のパートナーとしてな」

「アイリス先生は私の教育係だもんっ」

アルヴィン王子とフィオナが、アイリスとのダンスの権利を主張し始めた。

王子と王女が一人の娘を取り合っている。

その光景に周囲は呆然となっているが、アイリスは（どうして二人がわたくしを取り合っているのでしょうか?）とのんきに小首を傾げている。

やがて、フィオナが「じゃあアイリス先生に決めてもらおうよ」と水を向け、アルヴィン王子もまた「いいだろう。アイリス、おまえがどっちと踊るか決めろ」と告げた。

この国の次期女王と、それを補佐する立場にある王子。その二人にダンスを所望され、どちらかを選ばなくてはならない。

それはどちらに付くかという問い掛けに等しく、その返答はアイリスの将来を左右する。

あまりにあまりな所業に、成り行きを見守っていた者達から同情の視線が集まる。注目を浴びたアイリスは「アルヴィン王子と踊ります」と即答した。

どちらかを選ぶにしても、せめて迷う素振りはするべきだろう——と、周囲の心の声が聞こえてきそうだが、アイリスはどこ吹く風だ。

穏やかな顔で、ショックを受けたフィオナに視線を向ける。

「フィオナ王女殿下、アルヴィン王子のおっしゃる通り、いまのわたくしは彼のパートナーですし、彼からダンスに誘われていた最中です。マナーは守らなくてはいけません」

「それは……分かってるけど、でも……」

「良い子にしていたら——」

フィオナを軽く抱き寄せ、その耳元に唇を寄せて何言かを囁いた。

「——ほんと!?」

「はい、ちゃんと良い子で待っていたら、ですよ？」

「うん、ちゃんと良い子で待ってるよ！」

フィオナは満面の笑みで微笑んで「アルヴィンお兄様、邪魔をしてごめんなさい」と引き下がった。それに戸惑うのはアルヴィン王子のほうだ。

なにを言ったのかと、アイリスに視線を向けてくる。だが、アイリスは気付かぬフリで、早くダンスに誘ってくださいと目で訴えかけた。

「……アイリス、俺と一曲踊ってくれ」

「はい、よろこんで」

アルヴィン王子の手を取って、そのままダンスホールまで移動。彼のリードをフォローして、ゆったりとしたステップを踏み始める。

「フィオナを選ばなくてよかったのか？」

「どのような理由でここに来たとしても、今日のわたくしは貴方のパートナーですから。ファーストダンスを貴方と踊るのが礼儀というものでしょう？」

「……そうか、おまえは義理堅いのだな」

アルヴィン王子は相好を崩した。

令嬢達を虜にしてきた凛とした顔に穏やかな笑みが浮かぶ。

「しかし、よくそれでフィオナが納得したな」

「良い子で待っていたら、残りの時間は好きなだけ踊ってあげると約束しましたから。だから、王子のパートナーでいるのはこの曲が終わるまで、ですよ？」

　アルヴィン王子は一瞬だけキョトンとして、それから笑いを堪えるように肩を震わせた。

「……おまえは、その、なんというか……人誑しだな。人でなしめ」

「ひどい言われようですね。でも、そう言いながらなんだか嬉しそうですが、被虐趣味でもお持ちなのですか、貴方は」

「おまえこそひどい言い様だな。俺はおまえを優秀だと確信している。そのおまえが可愛い従妹を大切にしていると知って、嬉しくないはずがなかろう」

　不意打ちだった。

　前世の自分といまの自分。両方の自分を褒められたアイリスの頬が赤くなる。

「フィオナ王女殿下を大切に思って……いるのですね」

「大切な、可愛い従妹だからな」

　その表情は優しげで、アイリスにはその言葉が嘘だとは思えなかった。だけど、だからこそ、アイリスは自分の胸が締め付けられるのを自覚する。

（だったら……お兄様はどうして、わたくしを裏切ったのですか？）

　憧れだった従兄に心の中で問い掛ける。

　前世のアイリスに原因があったのか、それともここにいるアルヴィン王子と、アイリスの記憶にある裏切り者のアルヴィン王子が別の人間なのか……

その答えは分からない。

もちろん、彼にアイリスの心の声が届くこともない。

答えの出ない疑問を胸に、アイリスはアルヴィン王子のリードに身を委ねた。

3

アルヴィン王子と踊り終えると、次は私とばかりにフィオナが文字通り飛んできた。飛びついてきたフィオナを抱き留めて、その勢いを逃がすようにクルリと反転する。

「お待たせいたしました、フィオナ様。わたくしと踊っていただけますか?」

「もちろん、よろこんで」

アイリスが差し出した手をフィオナが取った。そうして再びダンスホールへと戻ったアイリスは男役になって、フィオナをリードして踊り始めた。

アイリスが賢姫であることは秘密だ。ザカリー王太子とのやりとりを見ていた者の中には気が付いた者もいるが、いまはまだ知らない者が多い。

だが、身分が分からずともその立ち居振る舞いは美しい。

プラチナブロンドの美少女に、ピンクゴールドの美少女。両国を代表するような二人の洗練されたダンスに、周囲の者達からほうっと溜め息が零れた。

　周囲からの様々な視線を受けながら、二人は軽やかにダンスを踊る。

「アイリス先生、大丈夫だった？」

「……もしかして、心配してくれたんですか？」

　それが、あの場にフィオナがやってきた理由。アルヴィン王子がアイリスをダンスに誘っているのを見て対抗してしまったが、本当は心配して飛んできた、ということだ。

「ありがとうございます、フィオナ様」

「うぅん、私は間に合わなかったから。でも、一体どうしたの？」

「実は、元婚約者に絡まれていたんです」

　フィオナはこてりと首を傾げた。

　それを見たアイリスは（フィオナは可愛いなぁ）と微笑んで、自分がザカリー王太子の婚約者だったことを打ち明ける。

　アイリスは賢姫として王妃になり、王を助ける立場になるはずだった。実権を握れば実家の利益にはなるし、政略結婚自体はそういうものだと受け入れていた。

　だが――

「王太子殿下はあまり勉強熱心な方ではなくて、わたくしは彼のことが好きになれませんでした。ですが、それが王太子殿下に伝わっていたのでしょうね」

もう少し王太子に目を向けていれば、違った結果になったかもしれない。そんなふうに考えていたら、フィオナのステップに乱れが生じた。

どうしたのかと意識を向けると、その澄んだ瞳に涙が浮かんでいた。

「フィオナ王女殿下、どうなさったのですか？」

「アイリス先生が可哀想」

「可哀想ではありませんよ。だってザカリー王太子殿下に婚約を破棄されたおかげで、貴女の教育係になれたのですから、感謝しているくらいです」

「……そっか。じゃあ私も感謝しないと、だね」

（とても素直。やはりフィオナは可愛いですね）

素直すぎて教育係としては不安になるが、アイリスの言葉に嘘偽りはない。

婚約を破棄されたからといって不幸だとは限らない。

むろん、ザカリー王太子にその思惑はなかったが、結果的に言うのであれば、彼は汚名を着て自由を求めるアイリスの望みを叶えたとも言える。

――と、そこまで考えたアイリスの脳裏にある仮説が思い浮かんだ。もしその仮説が正しければ、フィオナが追放された理由が分かるかもしれない。

「アイリス先生、どうかしたの？」

「……いいえ、なんでもありません。それより、ダンスを楽しみましょう。わたくしのリードにどこまで付いてこられるかテストです」

「望むところだよっ」

脳筋――いや、剣姫として負けん気が強いフィオナは、アイリスに話を逸らされたことに気付いていないのかいないのか、即座にアイリスの挑発に応じた。

そうしてアイリスは激しいリードを始める。

フィオナはそれに食らいついてくる。

否、前世の自分であるフィオナのスペックを知り尽くしたアイリスが、彼女の限界を見極めて、彼女の限界を引き上げるようにリードしているのだ。

フォローするフィオナは実力を遥かに上回るパフォーマンスで踊っている。

金と白銀。シャンデリアの明かりを浴びてキラキラと煌めく髪を揺らしながら、二人は周囲で踊っている者達を観客へと変えていく。

「……アイリス先生、リードもすごく上手だね」

「フィオナ王女殿下のフォローもとても上手ですよ」

ネイトやイヴにしているように微笑むと、フィオナは幸せそうに目を細めた。

「お姉ちゃんがいたら、こんな感じなのかな？」

「もしかしたら、そうかもしれませんね」

アイリスにとってもフィオナは前世の自分で、いまでは妹のように想っている。

周囲にも、二人は仲の良い姉妹のように映っていた。感嘆と羨望が、仲睦まじい二人を見守る雰囲気へと変化していく中、金と銀の姫君は無邪気なおしゃべりを続ける。

「それで、さっきはアルヴィンお兄様に助けてもらったの？」

「まぁ……そうなりますね」

「やっぱり！　アルヴィンお兄様、優しいでしょ？」

「優しい……まぁ、そう、なんでしょうね」

引っかき回された気はしないでもないが、彼がいなければアイリスはマナーを優先して言われるままになっていただろう。

感謝はするべきだろうとの結論に至っている。

「……って、どうしてそんなにニコニコしているんですか？」

「嬉しいなぁって。アイリス先生はなんだかアルヴィンお兄様を警戒してるから、お兄様のこと分かって欲しいなってずっと思ってたんだよ」

（気付いて、いたんですね……）

フィオナには気付かれないように気を付けていた。思ったよりも人のことを見ていると、ここに来てフィオナへの評価を改める。

「フィオナ王女殿下は、アルヴィン王子のことが好きなんですか？」

「優しいお兄様、だよ」

フィオナはアルヴィン王子のことを心から信頼していて、裏切られるなんて想像もしていないのだろう。前世のアイリス自身がそうだったのだから疑いようはない。

（お兄様が裏切る証拠を突きつければ、フィオナは悲しむでしょうね）

前世のアイリスは、アルヴィン王子に裏切られてショックを受けた。だがきっと、アルヴィン王子の計画が未然に防がれていたとしてもショックを受けただろう。

レベッカのときのような方法ではダメだ。

どうすればいいか、アイリスは最善を考え続けた。

その後、フィオナが飽きるまでダンスに付き合った。そうして額に浮かんだ汗をハンカチで拭っていると、フィオナに「アイリス先生、こっちに来て」と手を引かれる。

「今度はどこへ行くんですか？」

「お爺様に先生を紹介したいのっ！」

びくりと身を震わせた。

アイリスにとっては、ずっと前に死に別れた大好きなお爺様だ。フィオナに引かれた手に震えが伝わらないよう細心の注意を払う。

「アイリス先生？」

「なんでもありません。ぜひお目に掛かりたいと存じます」

フィオナは満面の笑みを浮かべ、アイリスの手を引いて歩き始める。

パーティー会場の奥のほう。それとなく混じっている護衛の気配がするが、フィオナに気付いた彼らはアイリスを素通りさせる。

そうして、パーティー会場の奥の席に腰掛けているグラニス王の前にたどり着いた。

「お爺様、お爺様」

「おぉ、フィオナ。そのようにはしゃいでどうしたのだ？」

孫娘に優しい眼差しを向けるグラニス王。

落ちくぼんだ瞳に、くすんだブロンドの髪は齢を感じさせる。

「あのね、お爺様。私の教育係を紹介させてくださいっ」

水を向けられたアイリスは、その場でカーテシーをして微笑む。いまのアイリスを見て、笑わない賢姫と結びつける者はいないだろう。

懐かしい祖父との再会も相まって、アイリスは優しい笑顔を浮かべていた。

「お初にお目にかかります。わたくしはアイリス。フィオナ・レムリア王女殿下の教育係をさせていただいております」

「おぉ、アルヴィンの言っていたお嬢さんだな。話は聞いておる」

「あら、それは光栄でございますわ」

微笑みを浮かべながら（余計なこと、言ってないでしょうね）と訝しむ。

だがそれよりも、祖父の声を懐かしいと思った。そして同時に、こんなにも弱々しい声だっただろうかと胸が締め付けられる。

もう二度と会えないと思っていた相手だ。大好きだった祖父と再会したことで熱い想いが込み上げる。だが、それを感情に昇華させることが出来なかった。

いまのアイリスは、もはや彼の孫娘ではない――からではない。

フィオナだった頃には、ただ祖父が日に日に弱っていくことしか分からなかった。だが、賢姫と呼ばれるだけの知識があるアイリスには、まったく別のものが見えた。

グラニス王の身体は――毒に蝕(むしば)まれている。

4

肌の色素が沈着して黄疸(おうだん)になり、ところどころに発疹が出来ている。

内臓が上手く機能していないがゆえの症状だ。

それだけなら、病に侵されている可能性も否定できないし、単に老衰の可能性もある。だが、グラニス王は精霊の加護を受けていて、病になりにくい健康な身体の持ち主である。

ゆえに老衰だと思われていた訳だが、毒の可能性を考えると慢性的な中毒症状に見える。

（まさか、お爺様が亡くなったのは毒が原因……？）

衝撃のあまりに頭が真っ白になる。

だがその直後には、寿命じゃないのなら救えるかもしれないと鼓動が跳ねた。寿命を延ばす術は存在していないが、治癒系統の魔術は存在する。

隠れ里で得た知識を持つアイリスならば、毒の分解だって不可能ではない。

だが、グラニス王を救うには大きな問題がある。彼が毒を盛られているとして、それをどうやって指摘するか、ということだ。

たとえばここでアイリスが騒ぎ立てれば、不敬罪で処罰されるのが関の山だ。そうじゃなかったとしても、グラニス王に毒を盛った者に警戒されることとなる。

(お爺様を助けるには、相応の手順を踏む必要がありますね)

理想は毒が盛られている証拠を手に入れるか、もしくは犯人の特定。そのどちらかを本人に示すことが出来れば毒殺を止めることが出来る。いまから救うことは可能なはずだ。

「――それでね、アイリス先生はすごく強いんだよ」

「ほう。剣姫であるお前がそこまで言うとは珍しい」

フィオナとグラニス王の語らいを聞きながら、どうするべきかと頭を働かせる。

ここで重要な問題は二つ。

誰が毒を盛ったのかと、その証拠をどうやってグラニス王に伝えるか、だ。

毒を盛ったのが誰か、その動機から考えてみる。

グラニス王は長きにわたりレムリア国を統治している優秀な統治者であるが、王という立場である以上、逆恨みを受けている可能性は否定できない。

次に、グラニス王が崩御して誰が得をして、誰が損をするか。

客観的に考えて、グラニス王が死んで不利益を被るのはフィオナである。

フィオナがもう少し成長したら、グラニス王から王位を譲り受けることが既に確定している。

なのにグラニス王が崩御することでその予定が狂う。

アルヴィン王子が中継ぎとして王位に就き、やがてはフィオナの追放に至る。

その未来を知らずとも、似たような展開は想像することが出来る。ゆえに、フィオナを女王にしたくない人間の犯行である可能性が高い。

そう考えれば、アルヴィン王子も容疑者の一人だ。

……いや、前世の記憶から考えれば、アルヴィン王子こそが第一容疑者だ。

アイリスの知るアルヴィン王子は毒殺なんてする人間ではないが、彼が前世でフィオナを裏切ったのは事実。なにより、崩御した陛下に代わって、中継ぎとはいえ王座に就いた。

人柄だけで無関係だと言い切ることは出来ない。

ゆえに、フィオナに相談するのも危険だ。

前世の自分であるフィオナは犯人でないと言えるが、愛する祖父が毒に侵されていると知れば取り乱す可能性が高く、またアルヴィン王子に相談する可能性も高い。

つまり、フィオナやアルヴィン王子に助けを求めず、グラニス王に直接証拠を示す必要がある。あるのだが……不用意な発言は出来ない。

教育係でしかないアイリスが、こうして王から言葉を賜ったこと自体が奇跡。

どうするべきか、残された時間は少ない。

「――アイリス、ここにいたのか」

その声に、アイリスはびくりと身体を震わせた。

聞こえてきたのがアルヴィン王子の声だったからだ。

「お話中に失礼いたします、陛下。彼女を少しお借りしてよろしいでしょうか?」

彼はアイリスの隣に立つなりそう言って陛下の許可をもぎ取ると、少し付き合えとアイリスに耳打ちをして、有無を言わせぬ調子でそこから彼女を連れ出してしまった。

「……このようなところに連れてきて、どういうつもりですか?」

連れてこられたのは会場の外に伸びる人気のない廊下。状況が状況だけに最大限の警戒を示すアイリスに対して、アルヴィン王子は無造作に距離を詰めてきた。

アイリスはじりじりと下がり、壁に背中を打ち付けた。彼女が横に逃げるより速く、アルヴィン王子が壁に手をついて逃げ道を塞ぐ。

(まさか、わたくしがお爺様の件に気付いたと知っている? そのうえで、邪魔なわたくしを

消そうとしている、とか？）

即座に魔術障壁を展開する準備をする。

アルヴィン王子はアイリスに顔を寄せ、その耳元に唇を寄せた。

「さっそくおまえのよくない噂が広がっている」

「……はい？」

耳元で囁かれたセリフにアイリスは首を傾げる。その言葉を三回くらい反芻してから、「よくない噂、ですか？」と聞き返した。

「そうだ。あの暗愚な王太子があれこれ捲し立てたせいだ」

「……あぁなるほど、早かったですね」

当事者にとって答えが明白でも、客観的にはどちらが正しいか分からない。

アイリスが不道徳な女という可能性。そうでなくとも、王太子に婚約を破棄されるだけの愚かさがある可能性を信じる者がいる、ということだ。

「それは予想された結果ではありますが……」

「なんだ？」

「そのことを話すのに、なぜこのような体勢で囁く必要があるのですか？」

壁際に追い詰められているアイリスの耳元には、アルヴィン王子の吐息が掛かっている。もし第三者がその光景を見たのなら、愛を囁き合っている恋人達に見えただろう。

「なんだ、口説かれるとでも思ったのか？」

「少なくとも、分かり切っている忠告をされるとは思いませんでしたよ」

むしろ、殺されるかと思った——とは、もちろん口に出さないが、アイリスの鼓動は早鐘のように鳴っていた。

「分かり切っている忠告と言うが、おまえは予想していたのか？」

「当然です。第三者からすればどちらが正しいか分からない。その場合、わたくしのことが疑われる可能性は十分に高いですから」

「……なぜだ？」

「それが人間の心理というものですから」

客観的に見れば、ザカリー王太子かアイリスのどちらかが愚か者。現場を見ていれば、ザカリー王太子に非がある可能性は高いと理解できるだろう。

だが、ザカリー王太子が愚か者でもこの国に被害はそれほどないが、アイリスが愚か者であった場合はこの国の次期女王に悪影響がある。

ゆえに、警戒すべきなのはアイリスのほうに決まっている。

「なるほど、さすがは賢姫だな」

「褒めてもなにも出ませんよ。それより、いつまでこうしているつもりですか？　万が一にも誰かに見られたら誤解されると思うのですが」

「ふむ。誤解ではないかもしれんぞ？」

アルヴィン王子がアイリスの顎をくいっと持ち上げる。

その手をペチンと叩き落とした。

「いいかげんにしないとぶっとばしますよ？」

「ふっ。落ち込んでいないようでなによりだ。だが、フィオナの教育係の人格に問題があるかもと疑われている状況はまずい。それは分かっているな？」

「もちろん、それも予想されたことですね」

アイリスにとってザカリー王太子の愚行の後始末はいつものことだ。問題なのはその後、アルヴィン王子がどう思っているか、ということだ。

「それで、わたくしをどうするつもりですか？」

「それがおまえの処遇についての話なら、解雇するつもりは毛頭ない。おまえほど優秀な人材を手放すはずがなかろう」

「……ありがとうございます」

アイリスはそっぽを向いた。

「なんだ、照れているのか？」

「ぶっとばしますよ」

「おまえは口ばかりで――っと」

拳を振るうが、アルヴィン王子はさっと回避してしまった。

「おまえ、だんだんと俺の扱いがぞんざいになっていないか？」

「理由は自分の胸に聞いてくださいませ」

「……ふむ。おまえとの距離が縮んだということだな」

「ポジティブにも限度がありませんか？」

ジト目を向けるがアルヴィン王子はどこ吹く風だ。

王子の常識を正すのを諦めたアイリスは、これからどうするかに思いを巡らす。いままでは誹謗中傷など気にしなかったが、フィオナの教育係としての資質が疑われるのは問題だ。

「……噂を払拭したほうがいいでしょうね」

「必要なら俺のほうでなんとかしてやるが？」

「せっかくの申し出ですが、降りかかった火の粉は自分で払います」

「油を注ぐのはやめろよ？」

「わたくしをなんだと思っているんですか！」

王子に食ってかかる姿は凶暴そのものだが……自覚はなさそうだ。

「自分でなんとかすると言うのならそれでもいいが……王太子のほうはどうして欲しい？」

「あら、わたくしの意見を聞いてくださるのですか？」

「おおよその運命は決まっているだろうがな」

その範囲内であれば考慮するということ。少し考えたアイリスはとある提案をした。それを聞いたアルヴィン王子がなんとも言えない顔をする。

「おまえ……実は根に持っているだろう？」

「あら、心外ですね。かつての婚約者への、せめてもの慈悲ではありませんか」

「それが慈悲だと？　恐ろしい女だな、おまえは」

アルヴィン王子がこれ見よがしに肩をすくめた。

「もぅ、そこまで言うのなら、貴方が思うようにしたらよいではありませんか？」

ひどい言われように、アイリスは頰を膨らませた。

「いや、おまえの言葉としてリゼル国に提案してやろう。俺はおまえを虐げていたあの男を絶望の底へと叩き落としてやりたいと願っているからな」

（わたくしを虐げた……？）

自分がリゼル国で不当な扱いを受けていたなどと誤解されているとは知らないアイリスは小首を傾げ、それから婚約を一方的に破棄されたことだろうと納得した。

「まあ、わたくしの意見を伝えてくれるのならそれでかまいません」

アイリスの提案がザカリー王太子への慈悲であるのは事実。その慈悲に苦しむことになるのなら、それは彼の普段のおこないが悪いということに他ならない。

だからどうでもいいと、アイリスはザカリー王太子のことを意識から締め出した。

それよりも——

（お爺様に近付く口実、作れそうですね）

ちょうどよかったと、アイリスは小さな笑みを零した。

5

フィオナの誕生パーティーから数日。

アイリスはグラニス王に呼び出された。

名目は、フィオナの教育の進捗を聞きたいということ。だがその実は、アイリスの教育係としての資質を問う査問会だろう。

アルヴィン王子に、火の粉は自ら払うと宣言した結果とも言える。

普通の教育係であれば青ざめるところだが、アイリスは思惑通りだとほくそ笑む。笑顔で呼び出しに応じて、陛下と謁見することになった。

やってきたのは謁見の間。

グラニス王が玉座に座り、周囲には護衛や家臣達が控えている。アイリスは陛下から十分に距離があるところで足を止め、その場で膝をついた。

いまは公爵令嬢としてではなく、一介の教育係として振る舞っているためだ。

「アイリス。召喚に応じて参上いたしました」

「顔を上げるがよい」

響いたのは大臣の言葉。

それを王の言葉として受け取り、アイリスはゆっくりと顔を上げた。

「アイリスよ。呼び出しに応じてくれたことに感謝する」

「もったいないお言葉です」

大臣を通して陛下と話す。

社交辞令を終えたところで、直答を許すとの許可をいただいた。

「アイリス、孫娘が世話になっておるな。先日もフィオナに連れ回されていたようだが、あれが迷惑を掛けておらぬか？」

「フィオナ王女殿下はとても聡明な方ですから教え甲斐がございます」

「そうか。あれはのうき……いや、武術以外はあまり興味がないと聞いていたが」

（のうき……脳筋!?　わたくし、お爺様に脳筋だと思われていたんですか!?）

生まれ変わって知る驚愕の事実にアイリスはショックを受ける。だが、賢姫としての彼女はその動揺を表には出さなかった。

それゆえ、アイリスの衝撃に気付かぬグラニス王は言葉を続ける。

「聞くところによると、そなたを紹介されたときも勝負を挑んだのであろう？　まさか、教育係に戦いを仕掛けるとは思わなかった。まったく、誰に似たのやら」

（お爺様です、元気だった頃のお爺様ですよっ！）

リゼルとレムリアを建国したのがそれぞれ精霊の加護を得た女性だったために、精霊の加護を得た女性にのみ称号が与えられるのが現状。だが、精霊の加護を得るのは女性だけではないし、各世代に一人でもない。

グラニス陛下も精霊の加護を持つ一人で、若かりし頃はわりと脳筋だったと前世のアイリスは聞かされていて、その行動力に憧れを抱いていたのだ。

「たしかに武を重んじるところはございますが、それはレムリア国の気質でしょう。王女殿下はとても聡明で、とてもとても可愛らしいお方だと思います」

「ふっ、たしかにアルヴィンから聞いた通りの娘のようだな」

その一言で、アイリスは自分が試されていたことに気付いた。フィオナの欠点を認めた上で改善を約束するか、はたまたグラニス王の意見に追随して媚びを売るか。

そう試された結果、フィオナを可愛いと評したアイリス。

グラニス王が聞いたというのは、アイリスはフィオナがお気に入り、という話だろう。試験に合格したとは言い難いが、事実だから問題はないとアイリスは開き直る。

「そなたの人柄が見えてきたな。だが、わしは王としてそなたに問わねばならぬことがある」

その問いに、アイリスはさり気なく周囲に視線を走らせる。周囲に控えているのはグラニスあった。

陛下の重鎮である家臣や護衛のみで、パーティーのときに話しかけてきたレスター侯爵の姿も

アイリスの正体を知っても問題のない立場にある者ばかりのようだ。

「お尋ねになりたいのは、王太子殿下がおっしゃったことの真相、でしょうか？」

「うむ。婚約を破棄されたというのはまことか？」

「事実でございます」

まっすぐに陛下の顔を見上げ、臆することなく答えた。

「婚約の破棄自体はままあることではある。だが、賢姫として王を補佐する立場にあるはずのそなたが婚約を破棄されたのは、能力や性格に原因があるのではと疑う者がおってな」

「大切な次期女王の教育係ともなれば、心配するのは当然でしょう」

こちらに配慮をみせる王に対して、気にする必要はないとフォローを入れる。

グラニス王は口元だけで笑みを浮かべてみせた。

「では婚約を破棄された原因はなんだったのか聞かせてもらえるだろうか？」

「はい、わたくしの可愛げが足りなかったのだろうと愚考いたします」

「可愛げ、であるか？」

「わたくしは努力家が好きなので、王太子殿下に愛情を注ぐことが出来なかったのです」

「……ふむ」

返答を濁すグラニス王。

彼が周囲に視線を向けると、家臣達は小さく頷いた。

婚約破棄の理由を問われたアイリスは、この状況でも臆することなく、努力家ではない王太子に愛想良く出来なかったのだと言ってのけた。

その強気な性格こそが、婚約を破棄された原因だというアイリスの言葉に納得したのだ。

もっとも、それは決してマイナス感情ばかりではない。婚約破棄が能力的な理由ではないとの見解から、アイリスへの当たりを緩和させる者もいた。

この国の人間は基本的に脳筋――能力主義である。

「つまり、そなたは自分の能力には問題がないというのだな？」

「自分は優れていると、わたくしが主張することになんの意味がありましょう」

自分の評価を自分でしても意味がない。そんな質問をしてどうするのかと問い返した。それには周囲の者達が色めき立つが、グラニス王は笑い声を上げた。

「ははっ。たしかに、自称ほど当てにならぬ評価はないな」

「はい。ですから、そうですね……三ヶ月。三ヶ月のあいだに、皆様を納得させてご覧に入れます。わたくしがフィオナ王女殿下の教育係に相応しい能力の持ち主である、と」

不遜とも取れるアイリスの態度に、けれど周囲の視線は好意的なものへと変化した。繰り返しになるが、この国の者は基本的に脳筋思考なのだ。

その傾向はグラニス王がもっとも強い。実力で皆を納得させると宣言したアイリスに対し、孫娘に向けるような優しい眼差しを向ける。

「いいだろう。ならば三ヶ月待とう。そのあいだに自分の能力を証明してみせるがいい」

「はっ。必ずや、陛下のご期待にお応えいたします」

凛とした声で答える。アイリスもまた脳筋思考である——と、指摘する者は残念ながら存在していなかった。

そうして話は纏まったかに見えたが、アイリスがふと思いついたように声を上げる。

「……ところで、陛下はずいぶんと体調が優れないご様子ですね」

アイリスの唐突な——むろんわざとだが、その物言いに周囲がざわめいた。無礼者と叱責が飛ばなかったのは、アイリスが賢姫として認識されているからだ。

ただの教育係の発言として受け取られていたのなら、叱責が飛んでいただろう。

そんな周囲の不満を抑えるようにグラニス王が軽く手を上げる。それによってアイリスの発言は許され、続きを促されることとなった。

「既にご存じのことかと思いますが、わたくしは賢姫の称号をいただいております。精霊の加護を用いた治癒魔術をかけることをお許しいただけないでしょうか？」

「気持ちは嬉しいが、わしはもう歳だ。精霊の加護も老いには及ばぬであろう？」

「それでも、陛下のお心を癒やして差し上げたいのです」

その言葉は嘘だ。

だが、貴方はおそらく毒に侵されている――とは口に出来ない。それゆえの感情論。却下される可能性も十分にあったが、王はよかろうと応じてくれた。

とたん、護衛の者達から王を諫める声が上がる。

他国の人間を王の身体に触れる距離に近寄らせるだけでも危険なのに、よりによって相手は賢姫。王の身を案じるのは当然だろう。

だからこそ、アイリスは護衛の騎士、その隊長へと目を向けた。

「陛下をお護りする護衛の隊長とお見受けします」

「それがなんだというのだ？」

「わたくしが陛下に触れているあいだ、わたくしに剣を突きつけてください」

「……なんだと？」

「わたくしが怪しい行動を取れば、即座に首を刎（は）ねればよろしいかと」

臆することなく言い放つアイリスに家臣達が戦（おのの）いた。

「くくっ、そなたはレムリア国の流儀をよく心得ているようだ。よい、わしはそなたを信じよう。かまわぬから近う寄れ」

「では、失礼いたします」

陛下の許しを得てきざはしを登り、玉座の前にて膝をついた。それから周囲を刺激しないようにゆっくりと陛下の手に触れる。

しわ深いその手は、前世のアイリスを優しく撫でてくれた手に違いなかった。その懐かしさに泣きそうになり、アイリスはきゅっと唇を噛んだ。

「……どうかしたのか？」

「いいえ、いまから精霊の加護を使います」

淡い光がアイリスの周囲を舞い、アメシストの瞳を青く染め上げる。正式な加護の発動に、アイリスの斜め後ろに淡い光を纏う少女が顕現した。

アイリスの契約する魔精霊フィストリアである。

その瞬間、謁見の間にどよめきが起こる。

「……アイリス、そなたは精霊の顕現が可能なのか」

グラニス陛下が呆然と呟いた。

精霊はアストラルラインと呼ばれる地脈で暮らしている。

加護を受けた者はそこで精霊と語らうことが出来るが、離れた場所に顕現させることが出来る人間は歴史上でも数えるほどしかいない。

なお、アイリスがそれを為し遂げたのは、前世の記憶を取り戻した後。前世の隠れ里で学んだ知識によるものだ。

ゆえに、アイリスが精霊を顕現できると知っている者はいない。もし彼女が精霊の顕現を可能としていると知っていれば、リゼル国は決して彼女の出奔を許さなかっただろう。

それだけの衝撃を与えながら、アイリスはグラニス王に向かって唇に指を添え「秘密ですよ？」と微笑んでみせた。その戯けた様子に王は目を丸くする。

「くくっ、秘密、か。……よかろう。わしも、他の者も、ここで見たことは一切口外はしないと約束しよう。皆の者もよいな？」

「「「──はっ」」」

呆けていた家臣達が、王の声を聞いて我に返る。

だが、それで衝撃が消えた訳ではない。歴史上にも数えるほどしか存在しない、精霊を顕現させることの出来る賢姫。アイリスに畏怖と尊敬の眼差しが集まっていく。

その視線をものともせずに、アイリスは治癒の魔術を発動させた。

6

精霊の加護には様々な種類がある。たとえば剣精霊の加護であれば身体能力の向上、魔精霊の加護は魔力の向上などが代表的で、その系統が強くなるのが一般的だ。

フィストリアを顕現させているアイリスは、魔術の効果を最大限に高めることが出来る。

フィストリアの加護がアイリスに降り注ぎ、その光を受けたアイリスが魔術を発動させる。

彼女の使う治癒魔術が、淡い光となってグラニス王に降り注いだ。

「これが賢姫による治癒魔術か。幻想的な光景だな」

「フィストリアはロマンティストですから」

アイリスがイタズラっぽく答えると、フィストリアがむぅっと唇を尖らせる。幻想的な精霊の人間っぽい仕草に周囲が軽くどよめいた。

だが、アストリアを知るグラニス王は笑みを零す。

「……ふっ、そなたも精霊と仲が良いのだな」

フィオナと比べているのだろう。

いまの彼女はまだ精霊の顕現には至っていないが、城の地下にあるアストラルライン、地脈のたまり場でアストリアとときどき意思の疎通を図っている。

「しかし、そなたのような人材が他国に渡ることを、よくリゼル国は容認したな」

「フィストリアの顕現について知る者はいませんでしたので」

「……なんと。それでは、そなたはわしのためにその秘密を明かしてくれたということか。あらためて、そなたには感謝せねばならんな」

「わたくしが言いだしたことなので、陛下が気にすることではございません」

(むしろ、お爺様のために使わなくていつ使うの？　って感じだよね)

アイリスにとっての真理。

幼くして両親を失ったフィオナは、かなりのおじいちゃんっ子である。その記憶を思い出したアイリスは、家族に対する愛情が以前よりも増している。

「しかし、精霊の顕現の件を除いても、普通は許可しないのではないか？」

「本来であれば。しかし、王太子殿下がわたくしとの婚約を破棄なされたので」

そもそも、そこがあり得ない。あり得ないことをした相手に、他国に渡るなどあり得ないと止める権利などあろうはずもない。

少なくとも、アイリスにはそう言い張るだけの力があった。

もっとも、それは王族が相手での話であって、アイスフィールド公爵が娘を止める権利はあった。アイリスがこの国に渡れたのは、父の気質のおかげだろう。

「……なるほど、王太子が愚かだというのは事実のようだ」

王は小さく笑って、それからなにやら考えるような素振りを見せた。

「ところで、フィオナのことをもう少し聞かせてくれぬか？　さきほども聞いたが、フィオナをどう思っているか本音を聞いておきたいのだ。あれは、女王に相応しいと思うか？」

他の者には聞こえないほどの小声ではあるが、とても一国の王が他国の娘に聞くことではない。なぜそんなことをと考えながら、アイリスは慎重に言葉を探す。

「彼女は努力家ですし、この国には優秀な人材が揃っています。彼らの力を得ることが出来れば、フィオナ王女殿下は立派な国の象徴となりましょう」

フィオナであれば立派な国の象徴――良き女王となるはずだ。そう口にしたアイリスに対して、グラニス王は「そなたはそう思うのだな」と呟いた。

その言葉は周囲には聞こえなかったはずだ。

だが、フィオナが女王に相応しいと口にしたアイリスに対して『そなたは』と口にした。それはつまり他の誰か、おそらくグラニス王の考えが違うということだ。

「フィオナ王女殿下はよく努力なさっていると思いますが……」

不満があるのかと、声には出さずに問い掛ける。

「平時であればなんの問題もない。だが……いや、話しすぎたようだ」

これ以上は追求するなという意味。そう言われてしまっては、いまのアイリスの立場では食い下がることなんて出来ない。かしこまりましたと引き下がる。

だが、グラニス王がフィオナの即位を望んでいない可能性は心の中に刻み込んだ。そうして魔術による治癒を続け、光が消えるのを待って具合はどうかと問い掛ける。

「……ふむ、少し身体が軽くなった気がするな」

穏やかな口調だが、それが社交辞令なのは明らかだ。アイリスの好意に対してのお礼といったところだろう。そしてその事実は、アイリスの表情を曇らせる。

予想通り、治癒魔術の効果がなかったからだ。

「陛下、もう一種類、治癒の魔術の行使をお許しいただけますか？」

「ふむ。そなたの好きにするがよい」

「ありがとう存じます」

アイリスは目を伏せて感謝を示し、別の種類の魔術を発動させた。再び淡い光がグラニス王の身体に降り注ぐ。

さきほどと同じ工程——だが、グラニス王の反応はさきほどと違った。

「お、おぉ……これは、なんと温かい光だ。身体が軽くなっていく」

王が心地よさそうに目を細める。アイリスの使用した治癒魔術が効果を及ぼしている証拠で、その事実に周囲が騒然となる。

老衰に治癒魔術は効果がない。ゆえに、グラニス王に治癒魔術を使うことに意味はない。それは理論的な話でなく、実際に治癒魔術師が魔術を使用した上での結論だった。

にもかかわらず、アイリスの魔術には効果があった。

一体どういうことなのかと、全ての視線がアイリスに集中する。

「……アイリス、そなたが使っているのは特殊な魔術、なのか？」

王の問い掛けにアイリスは頷いて「わたくしが使用したのは、ある種の毒を分解する魔術でございます」と王にだけ聞こえるように囁いた。

「……なんと、それはまことか？」

「はい。信頼できる者にだけ話して、対策をお立てください」

「うむ。そうさせてもらおう」

「それと……毒は問題のないレベルまで分解されたはずですが、再び解毒が必要になることもあるでしょう。そのときはどうかわたくしをお呼びください」

含みを持ったニュアンスで言い添える。

その意図を正しく理解したグラニス王は軽く目を見張った。

「なんと礼を言えばよいのか……そなたには感謝してもしきれぬな。アイリス、そなたはわしの恩人だ。よくこの国に来てくれた。わしはそなたを歓迎しよう」

今度はアイリスが目を見張った。

前世でとても慕っていた祖父。幼くして両親を失ったフィオナにとっては父のような存在だった。そんな祖父も、フィオナが大人になる前に死んでしまった。

その祖父が生きて、アイリスに温かい眼差しを向けている。

「いいえ、いいえ、感謝など必要ありません。わたくしは、グラニス王が元気になってくださったのなら、それだけで……嬉しいのです」

目元に浮かんだ煌めく雫(しずく)を指先で拭い、蕾が花開くように微笑んだ。

それは大切な人にだけ見せる、本当の彼女。

「おぬし、は……」

グラニス王はしばし息をするのも忘れてアイリスの笑顔に見蕩れる。だが、家臣の咳払いで我に返り、「大儀であった」と皆に聞こえるように声を上げた。

語らいを許された時間は終わった。

それを理解したアイリスは立ち上がり、陛下のほうを向いたまま一歩だけ退く。

「それでは、わたくしはこれで失礼いたします」

「ご苦労だった。それで、そなたの資質を証明する件だが――」

「――その件は、さきほど申した通り、三ヶ月以内に皆様があっと驚く方法で証明してみせます。どうか、楽しみにしていてくださいませ」

ふわりと微笑みを残して、アイリスはくるりと身を翻した。

優雅な足取りで退出していく。

アイリスの後ろ姿を、その場に残された者達は呆然と見送った。

彼女が謁見の間を退出すると、重苦しい音を立てて扉が閉まる。それからもなんとも言えない沈黙が続き、やがてグラニスが皆の気持ちを代表するかのようにぽつりと呟いた。

「……もう十分すぎるほど驚かされたのだが、この上はなにをするつもりなのだ？」

その問いに誰も答えられない。

建国の王を始めとしたごく一部の者にしか不可能な精霊の顕現。それをさらりと行使して、老いに任せるしかなかったはずのグラニスを復調させてみせた。

それほどの偉業を見せつけておきながら、実力を証明するのはこれからだというのだ。もはや意味が分からないというのが、その場に残された者達の感想だった。

「彼女は教育係ですから、フィオナ王女殿下をあっと驚くほどに成長させてみせるのでは？」

「……あれだけのことをして周囲を驚かせた自覚のない彼女が、周囲を驚かせるほどにフィオナを成長させてみせるというのか……？」

孫娘が一体どうなってしまうのかと、グラニスは一抹の不安を覚えた。

だが、ふとアイリスの言葉を思い出した。

「……いや、あれはもしかしたら、わしへのメッセージかもしれぬ」

「陛下へのメッセージ、ですか？」

「うむ。これから話すことは、ここにいる者達だけで共有し、決して口外してはならぬ」

グラニスは家臣達を見回す。

アイリスがグラニスにだけ伝えたのは、身内に裏切り者がいる可能性を考慮したから。それは分かっている。だが、ここにいるのはグラニスがもっとも信頼している者達だ。

疑心暗鬼に捕らわれていては国を治めることが出来ない。

ゆえに——

「彼女がわしに使ったのは、ある種の毒を分解する魔術だそうだ」

自分が毒を盛られていたことを打ち明けた。

とたん、家臣達が騒然となる。

敬愛する陛下に毒が盛られていたなどあってはならないことである。だが、それが事実であれば、アイリスの治癒魔術が効果を及ぼしたことにも説明が付く。

混乱のさなかに、近衛の騎士隊長が口を開く。

「陛下、アイリス嬢の魔術でお身体が楽になったというのは事実なのでしょうか？」

「その点については疑いようがない。まるで何年も若返ったようだ」

「では、やはり……」

「うむ。わしは誰かに毒を盛られていたのだろうな」

「……なんという、なんということだ！」

近衛の騎士隊長が声を荒らげた。

王の体調が良くなったのは非常にめでたいことだ。だが同時に、王が毒を盛られていたという事実は、国を揺るがす一大事である。

「一体、誰がどのように陛下に毒を……」

そんな囁き声がいくつも上がり、牽制し合うように視線を交わす。

王が毒を盛られていたのが事実だとして、急性中毒の症状ではない。つまりは慢性的な中毒症状。弱い毒を継続的に盛られていたということだ。

そんなことが可能なのは、身内しかあり得ない。

つまり、自分の隣にいる者が犯人かもしれない。そんな疑心暗鬼に捕らわれる。

「静まれ。おまえ達が察している通り、これは内部犯である可能性が高い。だが、わしがこの件を打ち明けたのは、そなた達を信頼しておるからだ」

疑うべきなのは、ここにいない者達。

そう宣言したグラニスだが、その言葉は真実ではない。

むろん、グラニスがこの場にいる家臣達を信頼しているのは事実。

だが、この場にいない者達のことも同じように信頼している。信頼する者達の誰かが犯人である以上、この場にいる者達が絶対に白とは言いきれない。

だが――

「では、早急に毒が盛られたルートを調べ上げます」

「――いや、待て。犯人はわしの毒が分解されたことを知らぬ。泳がせた上で毒を特定し、それを盛った犯人ごと捕まえるのだ」

「しかし、それでは陛下が再び毒を受けることになりかねません！」

近衛の騎士隊長が難色を示す。

むろん、他の家臣達も同意見であることを態度で示している。

「案ずるな。毒は慢性的な中毒を引き起こすモノ。一度分解された以上、再び毒を盛られたとしてもすぐに体調が崩れるということはない。ゆえに、今のうちに根元を断ち切るのだ」

即死させる類いの毒であれば毒味係が気付く。気付かないレベルの毒であれば問題ない。自分をおとりにして、実行犯だけでなく黒幕も捕まえろという指示だ。

国王としては少々無茶が過ぎるが、レムリア国の王には相応しい資質。家臣達はグラニスの指示に恭順し、必ず黒幕を捕まえてご覧に入れますとかしこまった。

(あの聡明な娘は、わしが自分をおとりにすると予測しておったのであろうな)

彼女はグラニスの毒を問題のないレベルまで分解したと言った。であれば、精霊の加護を受けるグラニスの身体はすぐに復調するはずだ。

にもかかわらず、また治療が必要なら協力すると口にした。つまり彼女は、グラニスが再び毒を摂取する可能性を考慮していたのだ。

だがそのおかげで、グラニスはこの計画に踏み切ることが出来た。

これで、ここにいる者達が白か判断できる。

この場に犯人がいなければ、油断している黒幕に迫ることが出来る。だがこの場に犯人がいれば、自分が捕まらないように手を変えてくるだろう。

それこそが、グラニスがこの場にいる者達に全てを打ち明けた理由。

その計画を推し進めるために、家臣達に指示を出していく。そうして指示を出し終えた後、騎士隊長が思い出したように声を上げた。

「ところで陛下、アイリス殿の去り際におっしゃった言葉が陛下に対するメッセージというのはどういうことでしょう？　犯人に至るヒントになるかもしれません。我々にも彼女の言葉の意図をお教えいただけるでしょうか？」

「ヒントにはならぬだろうが……教えることに問題はない。わしに毒を盛った犯人を捕まえるまで、彼女の功績は公表できぬ。だが、三ヶ月も経てば、犯人は捕まっているであろう？」

「あぁ、なるほど」

犯人が捕まって初めて、アイリスの功績は公表できる。

自分の実力を示すのに三ヶ月。

それは犯人が捕まるまで時間を稼ぐ口実、という訳だ。

「しかし、陛下。それが理由であれば、我々にお楽しみにと口にする必要はないのでは？」

「む？　……たしかに、そなたの言う通りだな」

「もしかしたら、アイリス嬢は自分で犯人を捕まえるつもりでは？」

「いや、まさか、それは……」

普通に考えてあり得ない。

だが、アイリスは既にあり得ないことを立て続けに引き起こしている。今回に限ってあり得ない――と、そう口に出来る者は一人もいなかった。

7

レムリア国の王城にある中庭。

アイリスは木漏れ日の降り注ぐテーブル席でフィオナに勉強を教えていた。

ちなみに、ネイトとイヴは使用人見習いとして控えさせている。これはアイリスの提案で、彼らにも授業を聞いて学ばせる機会を与えているのだ。

それを理解している二人は、必死にアイリスの授業に耳を傾けている。

ここ最近は毎日のように続いている光景。

アイリスは教科書に目を落とすことなくこの大陸の歴史を紐解いていた。

「いまからおよそ300年前、別の大陸から魔物を率いた魔族が攻めてきました。これをどのように撃退したか、フィオナ王女殿下、お答えください」

「えっと……この大陸に住んでいた人達が連合軍を作って撃退したんだよね？」

「そうですね。当時はまだ小さな国が点在しているような状況で、個々の力では魔族が率いる魔物の軍に対抗することが出来ませんでした。そこで出来たのが連合軍です」

正解したフィオナに微笑みかけて、それから話を広げていく。

連合軍は国の数だけ思惑が絡むために纏（まと）め上げるのが難しい。事実、最初は連合軍も敗戦を重ねていた。実力で勝る連合軍が、魔物の軍勢に追い込まれていった。

だが、大陸に魔族の勢力が広がるにつれて危機感を抱いた連合軍は結束を強め、また実戦を重ねることで英雄と呼ばれる者達も現れるようになった。

「そうして連合軍に現れたのが精霊の加護を得た二人の姫。後に初代賢姫と呼ばれる姫が軍を指揮し、後に初代剣姫と呼ばれる姫が先頭に立って魔族を退けました」

「その二人がリゼルとレムリアを建国したんだよね？」

「その通りです。魔族を退けた後、疲弊していた大陸は強力な指導者を欲していました。そうして生まれたのがレムリアとリゼルの両国です」

それがこの国に伝わる大陸の歴史である。だが、それは大々的に語り継がれる歴史で、語り継がれずに埋もれた歴史でもある。

たとえば、連合軍の英雄と呼ばれた者達は他にも存在していた。彼らは国を作らず、さりとてどちらかの国に所属することなく、両国の境にある森に隠れ住んだ。

それはフィオナがいずれ隠れ里で学ぶ隠された歴史であるがゆえに、アイリスはその歴史を話さない。そこから続く両国の歴史を語りながら、フィオナの行く末について考える。

二つの国の初代女王は剣姫と賢姫だった。

だが、精霊の加護を得る条件は血筋ではなく素質。王族であれば精霊の加護を得るということもなく、才能ある平民が精霊の加護を得ることも珍しくはなかった。

ゆえに、剣姫や賢姫は王ではなく国の象徴となった。

一般的には王の伴侶、もしくは重鎮となって王を支える役目に就くようになる。

「フィオナ王女殿下のように王族が剣姫となった場合は女王になることも珍しくありません。その場合は、王配が女王の不足を補うのが一般的ですね」

そして、その候補はアルヴィン王子である。

だが、その言葉を聞いたフィオナはつぶらな瞳で「じゃあ、アイリス先生が私の不足を補ってくれれば問題は解決だねっ」と言い放った。

「……問題しかないと思うのですが」

「ダメだよ、アイリス先生。否定から入るんじゃなくて、どうやったら可能か検証するのが賢い考え方なんだよ？」

「誰ですか、そんな小賢しいことを言ったのは」

「アイリス先生だよ？」

「……そうでしたね」

そのような話をした記憶のあるアイリスが、頭ごなしに否定するのも格好が付かない。実験的に、どうすれば実現できるかを考えてみる。

「たしかに賢姫として育てられたわたくしであれば政治的な知識も持ち合わせています。ですが、いくらなんでも問題が多すぎるでしょう」

「問題は打ち砕くものなんだよ？」

「……本末転倒です」

問題を打ち砕けるのなら、最初の問題を打ち砕けば済む話である。前世の自分はこんなにも脳筋だったのだろうかと、アイリスは自己嫌悪に陥った。

「……ダメ？」

「ダメと言いますか……そうですね。わたくしが両国の許可を得て、フィオナ王女殿下の重鎮となり、王配の補佐役に付けば、フィオナ王女殿下が好きな王配を選ぶことは可能ですね」

グラニス王の毒殺を防ぐことが出来れば、歴史は大きく変わる。中継ぎとしてアルヴィン王子が即位することもなくなり、フィオナが追放される未来はなくなるだろう。

むろん、それで全ての問題が解決する訳ではない。

アルヴィン王子はフィオナの伴侶と目されている。グラニス王が崩御しない未来では、フィオナが女王になって、アルヴィン王子が王配になる可能性が高い。

その未来で、アルヴィン王子がフィオナに危害を加えない保証がない。

だがアイリスが補佐の役職に就けばフィオナの結婚相手は幅が広がる。それは彼女の未来を変える助けになるだろう。

そんなふうに考えていたのだが、なぜかフィオナは不満気に唇を尖らせた。

「フィオナ王女殿下、どうしたのですか？」

「なんでもない」

「なんでもないようには見えないのですが……」

「なんでもないったらなんでもないの。もぅ、アイリス先生なんて知らないもん」

ぷいっとそっぽを向くフィオナ。それを見たアイリスは理由を考えるでもなく、拗ねるフィオナもすごく可愛いですねと笑みを零した。

思考がわりとアルヴィン王子と似通っている。

それよりも問題なのは、グラニス王の思惑だ。毒殺は阻止することが出来そうだが、グラニス王自身がフィオナの即位に不安を感じているようだった。

剣姫や賢姫は国の象徴たり得ても絶対的な象徴ではない。

また、その時代に複数人いることもあれば、一人もいないこともある。ゆえに、必ずしも女王や、王の妃になると決まっている訳ではない。

グラニス王がフィオナに後を継がせるつもりがないのなら、未来は予想が出来なくなる。

「アイリス先生、どうかしたの？」

「――いえ、なんでもありません」

「もしかして、みんなを見返す方法を考えていた？」

「いえ、それは……いえ、そうですね」

違うと言いかけたアイリスは、けれど話を逸らすために乗っかることにした。

（お爺様に認められなければ、フィオナの教育係を続けられません。どうせなんとかするつもりだったし、これから起きることをフィオナの体験学習に利用するのもいいでしょう）

フィオナを育てて、全力で陛下達を納得させてみせる——と、既に納得させるだけの結果を出していく自覚のないアイリスは考え、出来得る限りの結果を目指すことにした。

「そうですね……フィオナ王女殿下に試験問題を出しましょう」

「ふえ？」

「王女殿下が立派になれば、わたくしの評価も上がりますから」

「が、がんばる！」

素直なフィオナを微笑ましく思いながら、アイリスは前世の記憶を掘り起こした。

「……そうですね。もうすぐ干ばつが発生して、それが原因で飢饉が訪れるとします。フィオナ王女殿下はどうするべきだと思いますか？」

「えっと……リゼル国に食料を買い求める？」

「そうですね。ですがリゼル国とて食料が有り余っている訳ではありません。買い入れが出来る食料には限りがあり、必要な量を買い集めることは不可能だといいたします」

これは問題の前提条件であり、アイリスが前世で実際に見聞きした事実だ。

前世のフィオナは、リゼル国が出し渋っているように感じていたし、他の者達もそう感じていた。そしてそれが原因で、両国の関係が悪化したと言っても過言ではない。

だが、リゼル国で賢姫として情報を扱っていたいまのアイリスには、リゼル国が可能な限りの支援をしていたことが想像できる。

リゼルとの取り引きだけで、干ばつで足りなくなった食料全てを賄うことは不可能なのだ。

「じゃあ……狩りをしてもらうとか？」

「そうですね。少しはそれで補えるでしょう。でもそれでも足りません。ゆえに、なにもしなければ飢えた者が争い、多くの死者が出るでしょう」

「食料を奪い合って死者が出る、ということ？」

「それもありますが……それだけではありません」

とてもとても単純な計算だ。一人が年を越すのに十の食料が必要になるとして、百の食料があれば十人が年を越すことが出来る。

だが食料が八十、七十となった場合——十人のうちの多くが死ぬことになる。十人で食料を分け合って食糧が尽きる、もしくは奪い合いが発生するからだ。

「ですが、もしもフィオナ王女殿下が何人かを斬り捨てれば、残りの人間を生かすことが出来るでしょう。……そう言われたら、貴女はどうしますか？」

悪魔のような選択肢をフィオナに突きつける。

だが、それは現実におこなわれていることだ。事実、３００年前に魔族が魔物を率いて攻めてきたのは、飢饉で食料が足りなくなったからだと言われている。

結果、魔族は敗走しているが、魔物という食い扶持を減らすことに成功している。

「……さぁ、決断のときです。フィオナ王女殿下の答えを聞かせてください」

8

書類仕事の合間、アルヴィンは執務室の窓から見える中庭を眺めていた。

芝が敷き詰められた広大な敷地。奥には植物園や薔薇園などが並んでいる。そして手前には低い木が植えられ、その木漏れ日の下には小さなテラス席。

アルヴィンの従妹であるフィオナと、その教育係であるアイリスが向き合って座っている。

「……あそこで勉強とは、ずいぶんと優雅だな」

アルヴィンにとっての授業とは、王族としての責務を全うするために必要な知識を学ぶことで、辛く厳しいものだった。

いまの二人のように、木漏れ日の下で授業を受けるなど想像も出来なかった。

笑顔が零れる授業風景。

それをぼんやりと眺めていたアルヴィンの視線が、やがてアイリスへと定められた。笑わない賢姫と揶揄される彼女が柔らかな表情を従妹へと向けている。

不思議な少女だ。

アルヴィンがそのことを伝えたのは限られた人間だけなのに、なぜかフィオナの教育係を募集していることを知っていた。

あまりに怪しくて、最初はなにかの罠かと思った。

それこそ、フィオナや自分を狙う暗殺者である可能性まで考え、戦いをふっかけて自分を合法的に殺すチャンスを与えてみたりもしたが、彼女は本気すら出さなかった。

その後も無防備を晒してみたが、アルヴィンはいまもこうして生きている。少なくとも、アルヴィンやフィオナに敵意がないことは間違いないだろう。

(それに、あいつはどこかフィオナと似ている)

見た目や性格は対照的だが、どことなく雰囲気が似ているのだ。

だからこそ、だろうか?

アイリスならばフィオナを救えるかもしれないと期待してしまっている。

フィオナは責務という鎖に縛られている。

剣姫は国の象徴であると同時に、有事の際は先頭に立って戦うことを求められる。そのうえ、フィオナは女王としての責任も負わなくてはいけない。

平和な時代ならまだしも、昨今は不穏なことがいくつも発生している。いまのフィオナが女王になったとしても、責務に押し潰されてしまうだろう。

だが、アイリスは同じ境遇でありながら、責務という名の鎖を断ち切った。彼女ならばあるいは、フィオナの鎖も断ち切ってくれるかもしれないと期待している。

——と、そんなことを考えながら二人を眺めていると、家臣の一人が報告書を携えてやってきた。そんな彼の報告を聞いたアルヴィンは「ちょうどいい」と立ち上がる。

「アルヴィン王子、どうなされたのですか？」

「少し遊んでくる」

アルヴィンはそう言い残して退出していった。そのとき、ちらりと視線を向けた窓の先。そこに咲き誇る花々を目にした家臣は「春ですな」と呟いた。

アイリスがフィオナに恐ろしい選択肢を突きつけてから——つまりは、陛下の毒を分解してから一ヶ月ほどが過ぎたある日の昼下がり。

授業を終えたアイリスが中庭の花壇を眺めていると、どこからか現れたアルヴィン王子に纏わり付かれた。彼はおもむろに持ち上げたアイリスの髪を指先で弄ぶ。

「ぶっとばしますよ？」

「それでおまえが受け入れてくれるのなら甘んじて受け入れよう」

「処置なしですね」

溜め息をついたアイリスは「なにか用ですか？」と冷静に問い返した。

「ザカリー王子の件が決着したので教えてやろうと思ってな」

「あぁ……そんな人もいましたね」

「そんな人もいましたね、か」

なにがそんなに面白かったのか、アルヴィン王子が喉の奥で笑う。

ザカリー王太子の処遇にあまり興味のなかったアイリスだが、彼の物言いには興味を覚える。

アルヴィン王子はリゼルの王子をザカリー王太子と呼んでいたはずだ。

その呼称が王太子から王子へと変わった理由は――

「もしや、彼は……？」

「ああ。あいつは王太子の座を引きずり下ろされた」

「なるほど。……まぁ無理もないでしょうね」

アイリスとの婚約を破棄した時点で見限られていた。それでも王太子の地位に留まっていたのは、その地位を奪うための口実がなかったからだ。

その状況で友好国であるレムリアと問題を起こしたらどうなるかは想像するまでもない。

「おまえの父からも糾弾されたそうだからな。本来はそれで終わりとはいかない話であったが、そなたの取りなしがあったということにして手打ちにしてある」

「それは……」

アイリスは目を見張った。

本来であればレムリアからリゼルに対しての貸し一つとすることが出来た。だが、その手柄をアイリスに譲り、アイリスからリゼルに対する貸し一つとしたのだ。

「それと、おまえの提案も伝えて、ちゃんと王子をどん底に叩き落としておいた」

「どん底って、そんなことはないでしょう？」

アイリスの提案とは、ザカリー王子の結婚相手に関することだ。

王太子と男爵令嬢のヘレナは身分差から結ばれることが叶わなかった。

だが、王太子から降ろされたザカリー王子は微妙な立場に立たされる。元王太子ということで、傀儡（かいらい）の王に祭り上げようとする者が現れないとも限らない。

彼はどこかの田舎に封じられるだろう。

それゆえに、いまの彼は身分が高い令嬢との婚姻は望まれない。またその可能性を摘（つ）み取るためにも、男爵令嬢のような下級貴族の娘との婚姻こそが望まれる。

だからアイリスは、王子がヘレナの入り婿となることを提案したのだ。

王族の責務を投げ出してまで手に入れたかった真実の愛。それを手に入れられるのなら、決して不幸な人生にはならないだろうというアイリスの優しさだ。

だが――

「振られたそうだぞ？」

「……そんな、どうして？」

「どうしてもなにも、少し想像すれば分かることだろう？　あのへっぽこ王子がどう思っていたかはともかく、相手は権力者に取り入ろうとした娘だぞ？」

だから、王太子から降ろされた傷物王子には用はない——と、そういうことらしい。

「想い合っていれば幸せになれると思ったのですが……ままならないものですね」

「努力なくして得られるものは知れている、ということだ」

そう言ったアルヴィン王子がアイリスの頭を撫でつけた。その手がいつもより優しく感じる。

もしかして慰められているのだろうかと小首を傾げる。

「ともあれ、おまえの祖国での名誉も回復に向かうだろう」

「それ、よろしかったのですか……？」

アルヴィン王子の一存で決めていい話ではない。そう思ったのだが、この件はグラニス王も了承しているそうだ。

「おまえが両国の橋渡しをしたとなれば、今後もこの国に滞在する口実となるだろう、だそうだ。よほど陛下に気に入られたようだな」

「はぁ……そうですか」

可愛い孫娘のためだろうかと、アイリスはさらに小首を傾げる。

アイリスが陛下の毒殺を未然に防いだことを知らないアルヴィン王子はむろん、アイリスも自分がそれだけの価値を示したという自覚がない。

「そのうえで、おまえの父から伝言を預かっている」

アルヴィン王子はそこで言葉を切った。

おそらくは彼にとって言い出しにくい話なのだろうと予測する。アイリスは覚悟を決めて、その伝言をお聞かせくださいと促した。

「これでおまえの汚名は晴れる。リゼル国に帰ってきてはどうか、と」

「……それは、わたくしを解雇する、ということでしょうか？」

いまの伝言を王子が口にするのを躊躇う理由がない。

ゆえに迂遠な言い回しなのかと問い返す。刹那、アルヴィン王子がアイリスの腕を掴み「馬鹿を言うな。おまえを――」と声を詰まらせた。

「……アルヴィン王子？」

「あぁ、いや……すまん。おまえを手放すつもりなど毛頭ない。それは陛下の意向からも明らかだったはずだ」

アイリスから離れ、アルヴィン王子はそっと目をそらす。そのらしからぬ態度に首を傾げつつも、アイリスは誤解であったことに安堵した。

「申し訳ありません。穿った受け取り方をしたことを謝罪します」

「いや、俺も言葉が足りなかった。俺はただ――」

アルヴィン王子の手のひらがアイリスの頬に触れる。

いつもと同じようで、だけどいつもとは少し違う真剣な眼差し。なにか言いたげな顔をする彼を前に、アイリスはその言葉を待ち受けた。

だが、王子の指が頬から離れ、髪の間を滑り落ちてしまった。

それから一呼吸おいて、花壇の向こう側から話し声が聞こえてくる。そうして姿を現したのはレスター侯爵とその連れの男。

連れは二十代半ばくらいだろうか？　黒髪に緑色の瞳。精悍な顔つきの男だった。

「これはアルヴィン王子もご一緒でしたか。お取り込み中、でしたかな？」

「いや、気にする必要はない。アイリスになにか用か？」

アルヴィン王子〝も〟と口にしたレスター侯爵の言葉から、彼らの目的がアイリスであると察したアルヴィン王子がアイリスを彼らの前に押し出した。

その横顔には何やら意地の悪い笑みが浮かんでいる。

（お兄様のこの顔、わたくしがなにかやらかしたと思っていますね）

失礼なと、レスター侯爵達から見えないようにアルヴィン王子の脇腹を抓る。笑顔を浮かべたまま「わたくしになにかご用ですか？」と問い掛けた。

「そなたがフィオナ王女殿下によくない教育をおこなっていると聞いてな」

「よくない教育、ですか？」

「詳しい話はゲイル子爵がする。まだ若造ではあるが、優秀で将来性のある男だ」

「ご紹介にあずかりましたゲイルです。私は農水大臣を務めております」

「……なるほど」

やらかした心当たりのあるアイリスであった。

9

農水大臣とは、この国に存在する役職の一つだ。

その名の通り、農業や治水についての権限を有する大臣である。つまりは、フィオナに出した『干ばつによる飢饉への対策に関する課題』が彼の管轄に思いっきり関わっているということだ。

「理解してくださっているのなら話は早い。なぜ、あのフィオナ王女殿下にあのような理想論をお教えしたのかお答え願いたい」

丁寧な口調だが、緑色の瞳の奥には隠しきれない怒りが滲んでいる。アルヴィン王子が「おまえ、一体なにを言ったんだ?」と興味を示した。

「大したことは申しておりません。フィオナお嬢様に体験学習をしていただこうと思い、課題をお出ししただけです」

「だけ、ではありませんっ。フィオナ王女殿下は将来女王になられるお方。実現不可能な理想論を教えないでいただきたい！」

ゲイル子爵が声を荒らげた。そのただならぬ剣幕にアルヴィン王子が軽く目を見張る。それを察したレスター侯爵が諫めるように彼の腕を引く。

「こらこら、ゲイル子爵、少し落ち着きたまえ」

「しかし、このままでは未来の女王が誤った道を歩まれてしまいます！」

レスター侯爵が仲裁をしてくれるが、それでもゲイル子爵は高ぶりを抑えきれない。見かねたアルヴィン王子が、自分に事情を話せとゲイル子爵を促した。

「はっ。では申し上げます。先月、フィオナ王女殿下が干ばつによって不作が発生した場合の対応について質問に来られたのです。どうすれば皆を助けられるか、と」

ゲイル子爵はそのときの受け答えをアルヴィン王子に話し始めた。

その内容とは、アイリスが出した課題。

もうすぐ干ばつによって食糧難に陥るが、近隣諸国からの支援は期待できない。それを前提として、どのような対処をするべきかという問題。

「それを聞いた私は、アイリス嬢がフィオナ王女殿下に現実を教えようとしているのだと考えました。女王となる者であれば、命の選別をおこなう必要がある、と」

「ふむ。フィオナには少し早いと思わなくもないが……それなら理解できる話だぞ？」

アルヴィン王子が理解を示し、ゲイル子爵もそれに応じる。

「私も王子に同意見です。それならば口を出すことはありませんでした」

「違った、ということか」

「はい。先日、フィオナ王女殿下から予算申請が届きました。水車を開発して量産するために資金が必要なので許可して欲しい、と」

「つまり、フィオナがまだ現実を理解していない、ということか？」

「その通りです。ただし、その原因はアイリス嬢にあると考えます」

ゲイル子爵、続いてアルヴィン王子達の視線がアイリスに向けられる。

「わたくしの提示した二択に対して、フィオナ王女殿下は葛藤なさっておいででした。ですから選ぶ必要はないとお教えしたのです。全員を救いたければ、そうすれば良い、と」

命の選別をおこなって残りを救うか、なにもせずに十人を見殺しにするか。二つの選択肢を提示したが、そのうちのどちらかを選べとは言っていない。

ゆえに、全員を救いたいと言ったフィオナに対してヒントを与えた。

干ばつによる食糧不足を補えないのならば、干ばつ自体を防げば良い。そうすれば、食糧不足による二択など選ぶ必要はなくなる、と。

「それは……」

ゲイル子爵だけでなく、アルヴィン王子からも批難するような視線を向けられる。

「アイリス、本当にそのような課題を出したのか？」

「はい、たしかにそのような課題を出しました」

素直に答えると、アルヴィン王子の顔がますます困惑していく。

「それは……つまり、全力で対策を立てた上で挫折させ、全てを救おうとするのは世迷い言であると理解させる荒療治、ということか？」

「いいえ。フィオナ王女殿下は剣士として絶えず壁にぶつかっています。世の中には不可能なことがあると知っている彼女に、そのような荒療治は必要ありません」

アルヴィン王子が沈黙する。

それから、彼はひどく困惑した顔で「では、おまえは一体どのような意図で、そのように不可能な課題を出したのだ？」と問い掛けてくる。

「なぜ不可能だと思うのですか？」

「なぜ、だと？　おまえなら分かっているはずだ、政治はそのように単純ではないと」

「だから不可能だとおっしゃるのですか？」

「そうだ。起こるかどうかも分からぬ被害に対して過剰に備えるということは、それ以外の対策が後手に回るということだ。そのようなことをしていては予算がいくらあっても足りぬ」

諭（さと）すように語るアルヴィン王子に対して、アイリスはその通りですねと肯定してみせる。アイリスは言われるまでもなく、そういった現実を理解している。

物事には優先順位があり、全てに備えることなど不可能だ。

それに干ばつに対する備えはなくとも、不作に対する備えはある。それが干ばつに対して完璧な備えではないというだけで、まったく対策を立てていない訳ではないのだ。

「……分かっていながら、なぜそれをフィオナに強いる？」

「それがわたくしの教育方針だからです」

アイリスは答えをはぐらかし、メイドにこの国の地図を用意させる。

それを中庭の片隅にあるテーブルの上へと広げた。

「この国には大きな川と、それに流れ込むいくつかの川があり、その川沿いに街や村が発展しています。この国は降雨量が多いために、水害の恐れのある場所には街や村があまりありませんが……ここと、ここ、この地方などは日照りによる干ばつの恐れがあります」

アイリスの指し示したのは本流に近い支流沿いにある土地。この国は年間の降雨量が多いため、ほとんど川の水を必要としない。

普段は支流の水だけで十分にことが足りているが、もし降雨量が減ったらその支流は干上がる可能性があり、本流の水は農地より低い場所にあるので引くことが出来ない。

そういう農地は一つや二つではなく、軽く見積もっても五十を超える。特に危険な場所に絞ったとしても、その半分を割り込むことはないだろう。

「可能性として危険があるのは理解している。だが、この数十年で干ばつが起きたケースは一度もない。起きるかも分からぬことに対策を立てる余裕はこの国にはない」

　費用対効果を無視すれば対策は可能だが、国には様々な問題がある。

　たとえば魔物への備えは建国以来の課題だし、可能性でいえばリゼル国と戦争にならないとは言い切れない。軍備の備えも決しておろそかには出来ない。

　それに農地の問題に限定しても、干ばつよりも洪水の可能性のほうがずっと高い。なのに干ばつ対策に全てを費やしてしまったら、他の問題がおろそかになる。ゆえに発生するかも分からない干ばつに資金を費やすことは出来ないのだ。

「それに耐久性の問題もある。水車は決して長く使えるモノではない。こまめなメンテナンスも必要となるし、修理や交換の費用もかさむはずだ」

　水車は存在するが、それは一年を待たずして壊れるような代物だ。ほとんどの農地が水車を必要としないのに、一部の農地だけで水車を使用しては維持費で採算が取れない。

「耐久力が低くとも問題はありません」

「魔導具として耐久性を上げるつもりか？　だが、それでは維持費が莫大になるぞ」

　リゼル国にもレムリア国にも魔導具が存在する。たとえば明かりを灯したり、火を付けたり、水を浄化したり、高いところに水を汲み上げることも出来る。

　やろうと思えば、水車の強度を増すことも可能だが、それには魔物の核となる魔石が必要で、アルヴィン王子が指摘したように、庶民が気軽に使える価格ではない。

「いいえ、耐久性を上げるのではありません、差し当たって、ではありますが、耐久性は低くともかまわないと申し上げているのです」

「……なぜだ？」

理解できないと眉を寄せる。

そんなアルヴィン王子達に向かって、アイリスはさも当たり前のように言い放った。

「最初に言ったではありませんか。もうすぐ干ばつが起きるのが前提条件だ、と。干ばつが発生すると分かっているのですから、対策を立てるのは当然でしょう？」

10

アイリスの物言いにアルヴィン王子達は呆気にとられた。

たしかに、アイリスの言う通りではある。

この国が干ばつに対する備えをしないのは、不可能だからでもなければ、危険性を感知していないからでもない。ただ、他に優先すべき施策があるだけの話である。

もしも確実に干ばつが発生するのなら、それに対する備えは最優先事項となるのは必然だ。

「おまえの言いたいことは分かった。たしかに干ばつの発生が前提条件であれば対策が必要だし、短期間の使用であれば水車が対策になり得ることも理解できる。だが——」

アルヴィン王子がゲイル子爵にちらりと視線を向けた。

子爵のもとには、水車を量産するための予算申請がフィオナから届いている。つまりは架空の話に対して、実際に対策費用を引き出そうとしている。

「分かっています。それはあくまで架空の話で、実際に対策を立てることに意味はないとおっしゃるのでしょう？」

「……その通りだ。それなのになぜフィオナに対策を立てさせる？　まさか、本当に干ばつが起こるなどと思っている訳ではなかろう？」

探るような視線を向けられる。

その視線を真っ向から受け止めたアイリスは——

「まさか、そのようなこと思うはずありません」

前世で発生した干ばつの事実などおくびにも出さずに微笑んでみせた。

「ならば、なぜ水車の量産をさせようとしている？」

「それは水車に水を引く以外に役立てる方法があるからです」

「——水路に水を引く以外に用途があるのですか？」

食いついたのは農水大臣のゲイル子爵だ。最初はアイリスの物言いに腹を据えかねていた彼だが、水車が他にも役立てられるという彼女の発言に興味を示す。

「リゼル国では水車の動力を利用して小麦を挽いたりする研究がおこなわれているんです。図面は手元にありませんが、おおよその設計は頭の中に入っています」

言うまでもないことだが、小麦を挽く魔導具というのは存在している。だが、さきほどアルヴィン王子が言った通り、魔導具は庶民に使えるほどコストが安くない。

「魔導具に比べるとコストは掛かりません。また、水車が壊れやすいという問題も、使用していないときには水路に水を流さないなどすれば寿命を延ばすことが出来ます」

そしてそれはそのまま、干ばつ時の対策になり得る。小麦を挽くために水車を設置して、有事の際にはその水を畑に使う。

そうして採算が取れれば、干ばつの対策に費用を割く必要もない。

アイリスはその仕組みを丁寧に説明したのだが、いつの間にかゲイル子爵が呆気にとられていて、アルヴィン王子とレスター侯爵は頭を抱えていた。

「……皆様、どうかいたしましたか？　この理論に問題はないはずですが……」

「いや、おまえ……問題もなにも、それはリゼル国の機密情報ではないか？」

リゼル国は友好国なのだ。もしもリゼル国の機密情報をレムリア国が盗んだなどということになれば、両国の関係にヒビが入りかねない。アルヴィン王子は問題しかないアイリスの提案に戦（おのの）いたのだが、アイリスは「心配いりませんよ」と微笑んだ。

「そもそも、わたくしの存在が機密みたいなモノですから。わたくしの出奔を許可した時点で今更です。陛下にも誰にも、気付いていなかったとは言わせません」

「俺はいまほどリゼル国の王を不憫(ふびん)に思ったことはないぞ」

悪いのは機密情報をあけすけに公表するアイリスではなく、アイリスとの婚約を破棄して国外に出奔する切っ掛けを作ったザカリー元王太子殿下という意味。

今更ながらに賢姫の重要性を再確認したアルヴィン王子が苦笑いを浮かべる。

だが、アイリスが賢姫であることを知っている者はまだそれほど多くない。

パーティーや謁見の間での一件に居合わせたレスター侯爵は気付いているが、パーティーの現場にも、先日の謁見にも居合わせなかったゲイル子爵は首を傾げた。

「アイリス嬢の存在が機密というのは、どういうことでしょう？」

「どうと言うことはない。こいつはこう見えて、リゼル国の学者だったのだ」

アルヴィン王子がしれっと嘘を吐いた。

それを信じたゲイル子爵が感嘆の声を零す。

「おぉ、アイリス嬢は学者だったのですか。では、ぜひその知識をこの国のために貸していただきたい。実はいくつか知りたいリゼル国の技術があるのです」

「ええ、かまいませんよ」

さらりと情報漏洩を了承する。

こうしてフィオナの予算申請は通り、レムリア国で水車の生産が始まる。

もしこの場にリゼル国の王がいれば頭を抱えていただろう。だが、レムリア国にとっては歓迎すべき事態でもあり、アルヴィン王子は葛藤の末に見ない振りをした。

農水大臣であるゲイル子爵に教えを請われたアイリスが、詳しい話をするために場所を変えると言って二人で立ち去っていく。その後ろ姿を見送るアルヴィンが笑みを零した。

いままで沈黙を守っていたレスター侯爵は、その光景に意外そうな顔をする。

「アルヴィン王子はずいぶんとご機嫌ですな？」

「リゼル国の技術がただで手に入るのだぞ？　これをよろこばずしてなんとする」

「それには同意いたしますが、王子がご機嫌なのは別の理由ではありませんか？」

「ふむ……まぁ、あれは面白いからな」

その言葉にレスター侯爵はますます意外そうな顔をした。アルヴィンに自覚はないが、いままでの彼であれば、そもそもフィオナ以外の女性に興味など抱かなかった。

ましてや、それを指摘されて認めるなど、少し前には想像も出来なかったことだ。

「ずいぶんと彼女に入れ込んでいるようですな。彼女は……信用できるのですか？」

「フィオナのパーティーでの一件を言っているのだな？」

「ええ。先日、陛下にお目通りして信頼を得たようですが……どうにも、わしには賢姫が他国に出奔するという事実に、裏がありそうな気がしてならぬのです」

「ふむ……まぁ、そうかもしれぬな」

アルヴィンも彼女の言動は気になっている。自分のことをお兄様と呼んだことだけではない。時折、この国をよく知っているかのような素振りを見せる。

フィオナへの執着にしてもそうだ。

普通、会ったこともない相手にあそこまでの執着は見せない。

他の誰かなら出世目当てという可能性も考えられたが、公爵令嬢で賢姫のアイリスに限ってそれはあり得ない。むしろ地位をかなぐり捨てているレベルである。

「スパイとして送り込まれてきた、ということはありませんか？」

「レスター侯爵の懸念は気に留めておこう」

自分がどう思うかの明言は避けて、それから少し考えるような素振りを見せる。

「……レスター侯爵。さきほどアイリスが地図で指し示した場所を覚えているな？　ゲイル子爵に干ばつの可能性について調べるように伝えてくれ」

「本当に干ばつが起きる、と？」

「いいや、そうは思っていない」

アルヴィンは即座に否定したが、心の中では逆の可能性を考えていた。

アイリスの理論、その一つ一つに矛盾点はない。

たとえば、干ばつが絶対に起きるのなら対策は最優先事項だし、水車に他の使い道があるというのなら、干ばつの危険性が少しでもある場所で採用すれば無駄がない。

だが、それらを通して考えたとき、明らかにおかしな点がある。それは、干ばつが発生することを前提にした課題そのものだ。

なにかとなにかを兼ね、費用対効果を上げるのは基本中の基本だ。ゆえに、水車で小麦を挽くついでに、可能性の低い干ばつに対する備えを兼ねるのなら自然。

だがアイリスはあり得ないはずの干ばつ対策を主目的として、それを成すために小麦を挽くことで費用対効果を上げて実現するという過程を経た。

明らかに不自然な考え方だ。

むろん、国が変われば状況も変わる。リゼルにとっては干ばつが身近な災害であるため、アイリスの課題もそれに準じたものという可能性も零ではない。

だが、あの娘に限って、そのようなミスをするだろうか？

もしそこになんらかの思惑があるとすれば——

(俺に調べろというメッセージ……というのは考えすぎか？)

分からないと、アルヴィンは独りごちる。

だが、それこそ費用対効果の領域だ。

「たしかに干ばつが起きるとは思えぬが、あの様子なら遅かれ早かれ水車は作ることになるだろう。ならば、設置する村の選定をいまから始めてもかまわぬだろう？」

その口実をもちいてレスター侯爵を納得させる。

そうして、干ばつについて調べさせるアルヴィンは、アイリスがなんらかの方法で干ばつを予知しているのではと思い始めている。

（クラリッサの報告では、旅の途中で川の水位を気にしていたようだしな）

むろん、考えすぎという可能性も存在していたが——それから数週間後、アルヴィンの元に干ばつの兆しありとの報告が舞い込んだ。

11

水車の話から数週間が過ぎた。日々様々な仕事に追われているアルヴィンは、自分が干ばつについて調べさせていたことも頭の片隅に追いやっていた。

そんなある日。

執務室で書類に目を通していたアルヴィンの元にゲイル子爵が飛び込んできた。

「アルヴィン王子、大変ですっ！　アイリス嬢の言う通りでした！」

「……騒々しいな。あいつがまたなにかやらかしたのか？」

「干ばつですよ、干ばつ！　アルヴィン王子の指示に従って調べたら、メント地方を流れるいくつかの支流の水量があり得ないほど減っているそうです」

「――っ」

頭の片隅に追いやっていたこともあり、報告を受けた衝撃は計り知れない。やはりという思いと、まさかという思いがぶつかり合い、それでも事実確認と今後の対策に意識を向ける。

「だが、エイム川の水量は減っていないはずだ」

エイム川とは、レムリア国を横断する大きな川の名前である。メント地方にある支流が流れ込むのもエイム川である。

エイム川は王城からも見ることが出来るが、その水量はまったく衰えていない。

「それはおそらく、エイム川の上流や、他の支流では雨が降っているからでしょう。ですが、メント地方では雨量が減っており、川が干上がりかけているそうです」

「馬鹿なっ！　そのような状況で、なぜいままで報告がなかった⁉」

アルヴィンは執務机に手をついて立ち上がる。ゲイル子爵はびくりと身を震わせ、額に浮かんだ汗を拭って恐れながらと続ける。

「エイム川の水量が衰えていないことに加え、ここ数十年は干ばつなど起きなかったために心配する必要はないと。領主はもちろん、農民達もさほど心配していないようです」

「我々と同じ、ということか」

支流の水量が減っていても、側を流れるエイム川は船を輸送に使えるほど水量が多い。

土地の高低差の関係で水を畑に引くことは困難なのだが、視覚的に水不足に陥り掛けているという認識を阻害する要因になっているようだ。

「……実際のところはどうなのだ？　そろそろ乾季が近付いてくるはずだが……」

「至急おこなった調査での暫定結果ですが、このままでは農業に支障が出る、と」

アルヴィンは青ざめた。

メント地方は標高が高い。ゆえに洪水の危険性は低く、にもかかわらず無数に走る支流の水を畑に使うことが出来て、物の輸送にはエイム川を使うことが出来る。

レムリア国の肥沃な穀倉地帯となっている。

そんなメント地方で干ばつが発生するなど、どれだけの被害が発生するか分からない。

「――っ。フィオナが開発していたという水車の生産はどうなっている!?」

「既に生産が始まっているようです」

「すぐにその水車を設置――いや、いまから水車を設置したとしても、水路を引く時間がないか。せめて、一ヶ月前に動き出していれば……っ」

完成した水車を設置するだけならともかく、水路を引くには時間が掛かる。人員を総動員しても、一、二ヵ所に水路を引くのが精一杯だろう。

被害を減らすことは出来ても、どこかを犠牲にする必要がある。

だが、メント地方は複数の領主が土地を持っているために、誰の領地を優先的に救うのかといった問題も発生する。それを調整することで、否応もなく対策は遅れるだろう。

最悪は兵を派遣して押さえつける必要がある。そんなことを考えなくてはいけないほど逼迫(ひっぱく)した状況に、アルヴィンはぐっと拳を握り締めた。

だが、ゲイル子爵がなにか言いたげな顔をしていることに気付いた。

「どうした？　なにか言いたいことがあるのか？」

「いえ、その水路を引く時間ですが、短縮できるかもしれません」

「……なに？　どういうことだ」

「アイリス嬢いわく、割った竹かなにかを水路の代わりに使えば、非常時に水を引く程度は十分に用をなすでしょう、と」

「そこまで織り込み済みか、あの娘は」

たしかに、それならば大幅に時間を短縮することが出来る。

水車と即席の水路の組み合わせ。画期的なアイディア——というほどではない。実際、その手の話は他国の情報として、アルヴィン王子自身も聞いたことのある知識だ。

大臣達が知恵を出し合えばいずれはたどり着いた対策ではあるだろう。

だが、アイリスがいなければ干ばつの前兆に気付くことは不可能だった。気付いたとしても、そこから対策を立てるのにも時間が掛かっていただろう。

「我々は運が良いですな」

「運が良い、だと？」

アルヴィンは子爵の物言いに眉を寄せる。

「あぁいえ、もちろん干ばつは不幸な出来事です。ですが、アイリス嬢が気まぐれに干ばつの対策などという課題を出さなければ、もっと大変なことになっていたはずですから」

「……気まぐれ、か。あるいは、予測していたのかもしれないぞ？」

「まさか。この国に来たばかりの彼女が、ですか？　あり得ないでしょう」

「たしかに、な」

ゲイル子爵が冗談として一蹴するのも無理はない。

普通に考えればあり得ない。

ただの偶然だと考えるのが自然だろう。だが、偶然にしてはあまりに手際が良すぎる。普通に考えればあり得ないが、まるで未来を予知しているかのような所業だ。

それがただの偶然だと、アルヴィンにはどうしても思えなかった。

(あるいは、俺の行動すらも予知しているのかもしれない。もしそうだとすれば、フィオナの教育係に名乗りを上げたのはそれが理由、か？)

だからあいつは面白いのだと、アルヴィンは口の端を吊り上げた。

干ばつの対策に走り回って数週間。

子爵であり農水大臣でもあるゲイル子爵は、かつてないほどに充実した日々を送っていた。

彼が農水に関連する役職を与えられたのはまだ二十歳になったばかりの頃だった。それから五年ほど、国のために身を粉にして働き、大臣の地位にまで上り詰めた。

異例の昇進であるが、彼は自分の働きに満足していなかった。

農水大臣とは、農業や治水に関する仕事を管理する役職である。

だがこの国は気候が安定しており水害なども少ない。むしろ、魔物などの被害が多いために、防衛や軍務を担当する大臣のほうが忙しく、予算などもそちらに割かれている。

とどのつまり、ゲイル子爵は無難な仕事をこなしていただけだ。

だが、アイリスと出会って彼の人生は一変した。リゼル国の技術を取り入れ、様々な農業の改革案を打ち立てる。

予想もしていなかった干ばつにも対処することが出来た。

むろん、それらの立役者はアイリスであり、国にもそう報告している。だが、彼女の助言をいち早く取り入れたゲイル子爵も高く評価されている。

なにより、彼自身が生き甲斐を感じている。

という訳で、今日も今日とて、ゲイル子爵は城の中庭へと足を運んだ。

そこでは毎日のようにアイリスがフィオナ王女殿下に勉強を教えていて、それが終わるタイミングを見計らって、アイリスに教えを請うているのだ。

「アイリス嬢、昨日の続きを教えてください」

「ゲイル子爵、また来たんだ。アイリス先生は、私の先生なんだよ？」

フィオナ王女がむぅっと唇を尖らせる。

「申し訳ありません、フィオナ王女殿下。それは重々理解しているのですが、彼女の知識は底が知れず、その教えを少しでも賜りたいのです」

「そっか、ゲイル子爵はアイリス先生のすごさが分かるんだねっ」

アイリスがいかに優れた学者かを語ると、フィオナ王女がふにゃりと破顔した。その嬉しそうな顔を見れば、王女がどれだけアイリスを慕っているかがうかがえる。

「フィオナ王女殿下、アイリス嬢を少しだけお借りしてもよろしいでしょうか？」

「し、仕方ないなぁ。私が話を聞いていてもいいのなら貸してあげる」

「……勝手に人を貸し借りしないで欲しいのですが」

アイリスがぼそりと呟くが、ゲイル子爵は聞こえないフリをした。彼女はフィオナ王女の教育係である以上、もっとも重要なのは王女の許可に違いない。

（それに、アイリス嬢はなんだかんだ言って面倒見がいいからな）

ここ一ヶ月でゲイル子爵が抱いた印象だ。アイリスはあれこれと文句を言うが、真摯にお願いしたら協力してくれることがほとんどなのだ。

反発するのは口だけのことが多い――と、最近では認識している。

「アイリス嬢、そう言わずに。前回、歯車を壊れにくくする方法を今度教えてくれるとおっしゃったではありませんか」

「あぁ、互いに素にするという話ですね」

「そうです、それです！」

歯車は水車が回転する力を動力にして小麦を挽いたりするのに欠かせないパーツである。複数の歯車を使って回転の速度や力、それに向きを変化させるのに使う。

それをアイリスから聞いたとき、ゲイル子爵はその技術の可能性に狂喜した。だが同時に、そのように複雑なパーツはすぐに壊れるだろうとも予測した。

だがアイリスは、そのパーツ、歯車が壊れにくくする方法があると教えてくれたのだ。

それが『歯の数が互いに素である歯車を組み合わせる』ことでその理論を使えば、歯車の寿命が延びる。

前回教えてもらったのはその事実だけだった。職人が歯車を作る分にはその事実だけで十分だが、ゲイル子爵はその理由が知りたくて仕方がない。

「さぁ教えてください。互いに素にすると、どうして壊れにくくなるのですか？」

「その前に、歯車の壊れる理由が分かりますか？」

アイリスが質問を返してくる。それは彼女のいつもの手法だ。簡単に答えを教えるのではなく、生徒が答えに至れるようにヒントを与えてくれる。

それによって生徒は考える力と、答えに対する理解を増すことが出来るのだ。

最初はそれが理解できずにヤキモキしていたゲイル子爵だが、フィオナの授業を見ているうちにその事実に至り、いまでは素直に質問の答えを探すようにしている。

「……そうですね。歯車は複雑な形をしており、加工のしやすい木材を使うことが想定できます。それが原因で歯が削れていくから、ではないでしょうか」

「では、堅い木材を使えば歯は削れないと思いますか？」

「それは……いえ、いずれは削れると思います」

堅い木材でも、軟らかい木材と同じようにいずれは削れる。それはつまり、削れやすいか削れにくいかの差でしかなく、歯車が壊れる直接の要因ではないということだ。

では、そもそもの要因とはなにかと考えたゲイル子爵はもう一つの可能性にたどり着いた。

「歯車の形が複雑だから。だから壊れやすい、ということでしょうか？」

「そちらのほうが正解に近いです。歯車の歯が少しでも傷付けば嚙み合わせが悪くなり、それによって他の歯も傷付いていくという悪循環が発生する。これが故障の原因です」

なるほどと、ゲイル子爵は想像を巡らせる。

歯車の歯が一つ傷付いたとしても、即座に歯車が止まることはない。だが、傷付いた部分で嚙み合わせが悪くなり、強引に回ることで周囲を傷付けることになる。

他にも、野ざらしで使う水車には、砂ぼこりなども入り込む。それがヤスリのような効果を果たして、歯車の歯を削ってしまうことも想像に難くない。

「そこから導き出される結論は、こまめなメンテナンスが寿命を延ばす、ということだと思うのですが……歯車の歯の数を互いに素にするのとどう関係があるのですか？」

「発想を逆にするんですよ。どうやったって歯車の歯は削れていく。だったら、歯が削れることを前提に、歯車が壊れるのを遅らせる方法はないか？と」

「……歯が削れるのを前提に、歯車が壊れるのを遅らせる、ですか？」

歯が削れることと、歯車が壊れることは同じではないだろうか——と、ゲイル子爵はそう考えて首を捻った。だがそんな彼の横で話を聞いていたフィオナが「あっ」と声を上げる。

「歯車は噛み合わせが悪かったり、異物の混入で削れていくんだよね？　で、どこかが大きく壊れたら、歯車自体が一気に壊れちゃう」

「ええ、そうですね。つまり……？」

アイリスは笑顔を浮かべて王女に続きを促す。

「つまり、歯車の歯の数が互いに素であるなら、歯がまんべんなく削れていく。だから、歯車が壊れるまで時間が掛かる、ってことじゃない？」

「あぁ、なるほど！」

ここに来て、ゲイル子爵もようやくそのことに気付いた。

A
A1
B2
B
B1
A
A1
B2
B
B1
A
A1
C3
C2
C
C1
A
A1
C3
C
C2
C1

たとえば、共に八つの歯がある歯車ＡとＢを使った場合。

Ａ１の歯は、毎回Ｂ１の歯と噛み合わせることになる。Ａ１に問題があればひたすらＢ１を傷付けることになる。

だが八つの歯がある歯車Ａと、九つの歯がある歯車Ｃを使った場合は互いに素。

Ａ１がＣ１を傷付けるのは九周に一回だけで、Ｃ１からＣ９の歯がまんべんなく傷付いていく。対象を壊すまでには単純計算で九倍の時間が掛かる。

むろん、問題のあるＡ１自身が壊れる可能性などもあるため、実際に九倍長持ちするわけではないが、歯車の歯の数が互いに素のほうが壊れにくくなるというわけだ。

その事実に驚きつつも、ゲイル子爵はフィオナ王女に視線を向けた。

「……あ、もしかして私は答えないほうがよかった？」

「いえ、そのようなことは。王女殿下が勉学に励んでいると知って安心いたしました」

ゲイル子爵はまだ若く、これからも大臣を務める可能性が高い。いずれ自分が仕えるであろうフィオナが勉強熱心なのは非常によろこばしい。

自分の目的は果たしたからと、アイリスをフィオナに返すことにした。

「フィオナ王女殿下、お邪魔いたしました」

「アイリス先生を返してもらってもいいの？」

「ええ、もちろんでございます。お時間を取って頂きありがとうございました」

フィオナ王女とアイリスに感謝を告げる。そうして二人が立ち去るのを見送っていると、どこからともなく現れたアルヴィン王子が話しかけてきた。

「振られたようだな」

「アルヴィン王子、からかわないでください。私はただ、アイリス嬢の知識を少しでも学びたいと考えているだけでございます」

「……ふむ。彼女の後ろ姿を追う眼差しはそう言っていなかったが……まぁ、いまはそういうことにしておいてやろう」

王子の言葉の意味が理解できなくて、ゲイル子爵は首を捻った。それから「アルヴィン王子はどうされたのですか？」と問い返す。

「いやなに、おもちゃで遊びに来たんだが、おまえの反応が気になってな。最後になにやら考え込んでいたようだが、なにか問題でもあったのか？」

アイリスのことをさらりとおもちゃと言い放つ。本人が聞けば〝ぶっとばしますよ〟と言いそうな案件だが、ゲイル子爵はよもやアイリスのことだとは思わない。

「考えていたのはフィオナ王女殿下のことです。王女殿下は武術に秀でておいでですが、学問に対しては、その……」

「ああ、あまり学問を重視していないからな」

「はい。そう思っていたのですが、さきほどの王女殿下は、私が思いつかなかったことを、さも当然のように思いつき、それを正しく理解していらっしゃいました」

歯車の歯の数を互いに素にするという話だ。ゲイル子爵はそれを事前に聞いていたにもかかわらず、その理由に自分だけでは至れなかった。

にもかかわらず、学者でもないフィオナ王女が少し話を聞いただけで答えに至った。

「とても聡明で、勉強熱心でいらっしゃるのですね」

「フィオナがか？　……いや、それはもしかしたら」

アルヴィン王子の視線が立ち去っていく二人、正確にはアイリスに向けられる。フィオナが優秀なのは元からではなく、アイリスの教育の賜物(たまもの)であると彼は考えているのだ。

だが、もしそれが事実なら、アイリスは教え子をたった数ヶ月で、様々な研究に携わっているゲイル子爵に匹敵するレベルにまで育ててしまったことになる。

「……何者なのでしょうね、彼女は」

「面白いだろう？　だから俺は、あいつのことが気に入っているのだ」

アルヴィン王子がさっくりと好意を口にする。それを聞いたゲイル子爵はもやっとした感情を抱くが、それがどういった感情なのか、いまの彼には理解できなかった。

その日の夜更け。城にある浴場で汗を流したアイリスが自分に割り当てられた部屋に戻ろうとすると、ネイトとイヴに呼び止められた。

いつもなら自分の部屋に戻っている時間で、ここにいるのは珍しい。

「二人とも、わたくしになにかご用ですか？」

フィオナが問い掛けるが、二人は「実は、その……」と口ごもっている。なにか言いたいことがあるようだが、なんらかの理由で話すことを躊躇(ためら)っている。

そんな雰囲気を感じ取ったアイリスは屈んで、二人に目線を合わせた。

「ネイト、イヴ。あなた達は既にわたくしの身内です。必ず問題を解決するとは言いませんが、決して無下には扱いません。だから、なにかあるのならちゃんと相談なさい」

問い掛けて、二人の目を交互に覗き込む。ネイトとイヴは顔を見合わせて頷き合い、それからネイトが驚きの言葉を告げる。

二人の母親であるレベッカが、フィオナの暗殺計画の情報を摑んだ、と。

エピソード4

仕掛けられた罠

1

子供達を通じてレベッカがもたらした情報。それはフィオナが今夜にも襲撃される可能性があるという話だった。その情報を手に入れたレベッカは居ても立ってもいられず、密かに面会することを許されているネイト達を通じてアイリスに伝えたのだ。

アイリスは即座に内密にレベッカと会い、詳しい話を聞き出した。

――そしていま、真偽をたしかめるべく、アイリスはフィオナの寝室へと向かっている。

多くの者が寝静まった深夜。王族の寝室がある区画へ続く廊下には見張りの兵士達が詰めているはずだが、魔導具の明かりに照らされた廊下には誰もいない。

廊下は無人で、周囲は静まり返っている。

(どうやら、ただの誤情報ではないようですね。思ったより焦っているのでしょうか?)

前世でフィオナが襲撃されたのは、レベッカという内通者が野放しだったからだ。

そのレベッカの裏切りが発覚した以上、黒幕は大人しくするものだと思っていたが……どうやら、危険を冒してでもフィオナを殺したいらしい。

そのことを自覚したアイリスはフィオナの寝室へと急ぐ。その道の途中、待ち伏せをしていた数名の騎士達と出くわした。

「おやおや、誰かと思えばアイリス嬢ではありませんか。このようなところで、一体なにをしていらっしゃるのですかな？」

アイリスを待ち伏せしていた騎士の後ろからレスター侯爵が姿を現した。

「レスター侯爵、実はフィオナ王女殿下が命を狙われているという情報を掴みました。それで、いまからフィオナ王女殿下に警告に行くところです」

「ふっ、なるほど。そして、その暗殺者というのはアイリス嬢、貴女という訳ですな？」

「なっ、それは誤解です！」

アイリスは驚きの表情を浮かべて否定する。だが、レスター侯爵は「口ではなんとでも言えるであろう」と返した。

「実はワシも、今夜フィオナ王女殿下の暗殺計画があると聞いて罠を張っていたのだ。そうして犯人が来るのを待っていたら、そなたが姿を現したという訳だ」

「レスター侯爵、何度も言いますが誤解です。わたくしも同じで――」

「――言い訳は無用だ。であえ、であえっ！　侵入者だっ！」

レスター侯爵が大声を上げる。

にわかに辺りが騒がしくなり、すぐにアイリスは包囲されてしまった。

「何事だ――と、これはレスター侯爵。一体何事ですか？」

「フィオナ王女殿下の暗殺を企てた痴れ者だ、引っ捕らえよ！」

「え、痴れ者？　それは……アイリス嬢のこと、ですか？」

困惑した様子の兵士の顔に、アイリスは見覚えがあった。ときどき中庭などの見回りをしている彼とすれ違ったことがある。挨拶をしたこともあり、気さくな兵士のおじさんである。

アイリスとフィオナが一緒にいるところにもよく鉢合わせしているので、アイリスが王女の暗殺を企てたという言葉に疑問を抱いているようだ。

だが、そんな彼に向かってレスター侯爵が捲し立てる。

「早く捕らえろっ。彼女はフィオナ王女殿下の寝室のほうから逃げてきたところだ。もしかしたら、既にフィオナ王女殿下の身になにかあったかもしれぬ！」

「なっ!?　それは事実なのですか!?」

事実もなにも、アイリスはフィオナの部屋へ向かうところだった。彼女の部屋から逃げてきた訳ではないことは、待ち伏せをしていたレスター侯爵がよく知っているはずだ。

つまりは意図的な嘘。

ここまで来ればその思惑は明らかで、レスター侯爵はアイリスをはめようとしている。

「事実かどうかは調べれば分かることだ。とにかく彼女を捕らえよ！　フィオナ王女殿下の安否はこちらで確認する。おまえ達！」

「はっ、すぐに安否を確認してまいります！」

レスター侯爵の引き連れてきた騎士達がフィオナの寝室へと走っていった。それを見届けたレスター侯爵が、兵士にアイリスを捕らえろと急かす。

「……アイリスさん、フィオナ王女殿下に危害を加えたのですか？」

「まさか。わたくしはそのようなことはしておりません。そもそも、わたくしはいまここに来たところです。王女殿下の部屋から帰るところではありません」

「言い逃れは見苦しいですぞ、アイリス嬢！　フィオナ王女殿下の安否を確認すれば結果は自ずとあきらかになる。早々に自首するがよろしかろうっ！」

レスター侯爵が声を荒らげ、アイリスの弁明を遮った。彼の口元に嫌らしい笑みが浮かんでいるのを確認し――アイリスは罠に掛かった獲物に冷たい笑みを向ける。

「これは不思議なことをおっしゃいますね、レスター侯爵。その物言いではまるで、フィオナ王女殿下が害されていることを確信しているような口ぶりではありませんか」

「なっ。いや、それは、ワシとて無事でいて欲しいと願っておる。しかし、そなたがフィオナ王女殿下の寝室から戻ってきたことを考えれば結果は明白だ」

「……つまり、フィオナ王女殿下が無事なら、わたくしは無実、ということになりますね？」

「そうだな。もしもフィオナ王女殿下が無事なら、だがな」

レスター侯爵は、フィオナが既に害されているという確信があるのだろう。いや、自分の騎士達の仕事がそれだけ確実だという信頼、というべきだろうか？

実際、前世で襲撃されたときは、レベッカがいなければ殺されていた。その襲撃犯と今回の襲撃犯が同じだと考えれば、レスター侯爵の自信も過剰とは言い難い。

だけど――

（罠に掛ける相手を間違えましたね。まぁそのおかげで助かったとも言えますが）

「これはなんの騒ぎであるか」

廊下に厳かな声が響いた。

姿を現したのは――グラニス王である。

「陛下がなぜここに……いえ、それよりもおさがりください、グラニス陛下。彼女はフィオナ王女殿下の命を狙う刺客です！」

素早くレスター侯爵が警告という名の刷り込みをおこなう。グラニス王は顎を撫でながら「ほう？」と片眉を吊り上げた。

「その娘はわしの恩人であるぞ？」

「むろん、存じております。ですが、フィオナ王女殿下を害したのも事実です。おそらくは陛下の信頼を得て、フィオナ王女殿下の命を狙う機会をうかがっていたのかと」

（機会をうかがうもなにも、フィオナとはよく一緒にいますけどね）

アイリスには、フィオナを暗殺する機会などいくらでもあった。レスター侯爵の理屈は穴だらけだが、アイリスはあえてそのことを指摘しない。

フィオナ王女殿下暗殺の証拠が出れば関係ないと、レスター侯爵が思っていることは明らかで、だからこそアイリスが弁解する必要はどこにもなかったからだ。

「……なるほど。それで、フィオナは無事なのか？」

「さきほど、私の部下を救出に向かわせました。無事だとよいのですが、我々が駆けつけたときには既に騒ぎが発生していたので、あるいは……と」

「アイリスが剣姫であるフィオナを暗殺した、と？」

「その娘はアルヴィン王子と互角だとうかがっております。いかに剣姫とはいえ、眠っているところを襲撃されてはひとたまりもないと愚考いたします」

レスター侯爵は手振り身振りを加え、アイリスがフィオナを殺した後だと訴えている。大臣よりも役者のほうが向いていたのではと、アイリスは首を傾げた。

（もっとも、喜劇のピエロ役、ですけどね）

レスター侯爵の背後、こちらへ歩いてくる二人を見て苦笑いを浮かべる。

「たしかに、アイリスは俺と互角の実力の持ち主だからな。フィオナを暗殺するつもりなら、防ぐ手立てはなかっただろうな」

「むぅ、悔しいけど、先生に夜襲を掛けられたら対応できないかも」

その声にレスター侯爵は目を見開いて、信じられないと背後を振り返った。そこには、仲良く歩いてくるアルヴィン王子と——フィオナの姿があった。

「フィオナ王女殿下、なぜ——っ」

「なぜ生きているのか、か？」

レスター侯爵はとっさに言葉を飲み込んだが、アルヴィン王子が皮肉めいた笑みを浮かべて、彼の言わんとした言葉を続けてしまう。

まるで、罠に掛かった獲物を嘲笑っているかのように。

「我々は避難していたのだ。おまえが犯人扱いしている……こいつに警告されて、な」

アルヴィン王子は兵士の合間を縫って渦中に身を投じると、アイリスの隣に立ってその腰をぐっと抱き寄せた。

「王子、なんですかこの手は？」

小声で問い掛けるが彼は答えない。状況を考えてくださいという言葉が口をつきそうになるが、フィオナが反対側から腕にしがみついてきたので飲み込んだ。

「アイリス先生はね。私が狙われているって、昨日の夜に教えてくれたんだよ」

「昨日の夜ですと!?」

フィオナの言葉にレスター侯爵が目を見張った。それはそうだろう。彼はアイリスが暗殺計画を知ったのはさきほどで、慌てて飛んできたと思っているのだ。

先日、レベッカにとある男が接触してきた。

その男は、フィオナの暗殺計画があるとレベッカに打ち明けた。

そのうえで、『城の人間は信用できない。だが、罰を受けることを恐れずに内通者として協力させられていることを打ち明けたおまえは信用できる。だから、暗殺計画の情報をアイリスに伝えて欲しい』とレベッカに頼んだのだ。

結果、レベッカはその男の手引きで城に入り、アイリスと接触することとなった。

そうして、レベッカがアイリスのもとに来たのがさきほど。

だけど――

「アルヴィン王子のご厚意で、レベッカは週に一度くらいのペースで、ネイトやイヴとこっそりと会うことが許されていたんです。残念でしたね」

ネイトやイヴを通じて、アイリスはその情報を事前に仕入れることが出来た。だからこそ、レベッカに情報を伝えた者が、アイリスをはめようとしていると気付けたのだ。

この時点で、アルヴィン王子は今回の一件では白だと予想が付いた。なぜなら、この計画を立てたのは、レベッカがネイトやイヴと定期的に会っていることを知らない者だからだ。

レベッカが子供と内密に会えるように手配したアルヴィン王子が関わっているはずがない。

ゆえに、アイリスはフィオナとアルヴィン王子にこの一件を警告した。フィオナが命を狙われているだけでなく、自分に罪を着せようとしている者がいる、と。

そのうえで、犯人を罠に掛けることを提案した。

その結果がいまの状況だ。

王族は別室に避難し、フィオナの部屋には暗殺者を待ち受ける騎士達が詰めている。それを知っているアイリスが、暗殺者としてフィオナの部屋に向かうなどあり得ない。

「罠に掛かったのはわたくしではなく、貴方のほうですよ。レスター侯爵？」

冷たく笑う賢姫の姿に、レスター侯爵は息を呑んだ。

2

「な、なるほど、アイリス嬢、貴女が犯人だと誤解したことは謝罪いたしましょう。ですがそれは、わしが黒幕だと言うことにはならないはずです」

レスター侯爵が弁解をする。アイリスはそれを理論でねじ伏せようとするが、腰に回されていたアルヴィン王子の腕にぐっと引き寄せられて口をへの字にする。

「分かっていないようだな、レスター侯爵。アイリスは自分が罠に掛けられようとしていることに気付き、その罠を逆利用したのだ。そこに現れたそなたが疑われるのは当然であろう？」

「い、いや、それは……実はわしもフィオナ王女殿下の暗殺計画を知らされて飛んできたのです。ですから、わしもはめられた一人です。いえ、きっとわしをはめたのはその娘です！　全ては、無実のわしを卑劣な罠にはめる計画だったのですよ！」

再びアイリスが犯人説を唱える。アイリスを抱くアルヴィン王子の腕に力が入り、続いて腕を引くフィオナの手の力も強くなる。

（この二人は一体なにをしているんでしょうか？　せめて場所と状況はわきまえて欲しいです

ね。いえ、フィオナは可愛いからいいんですけど）

「アイリスがそなたをはめた、か？」

「そうです。きっとアルヴィン王子もその娘に騙されているのです！」

「……ほう？　俺が、この娘に騙されている、だと？」

「そうです。アルヴィン王子もフィオナ王女殿下も、その娘の魔性の色香に惑わされているだけなのです。ですから――」

「――黙れ」

その声は決して大きくはなかった。

けれどその声に込められた怒気の熱量にレスター侯爵が息を呑む。

「たしかに、俺も、そしてフィオナもこいつのことが気に入っている。だが、決して色香に惑わされている訳ではない。それはアイリスだけでなく、俺やフィオナに対する侮辱だと知れ」

「し、しかし、わしは本当にさきほどまでなにも知らなかったのです！　その者が黒幕ではなかったとしても、わしが黒幕という訳ではありません！」

「……はっ。語るに落ちたとはこのことだな」

アルヴィン王子が奥に控えていたクラリッサに目線を送る。

彼女は頷いて一歩前に出て話を始めた。

「アルヴィン王子は実のところ、レベッカを完全に信用した訳ではありませんでした。一度は改心したとしても、再び悪事に走る可能性はある、と。ゆえに、彼女を見張るようにと指示を出されていたのです」

淡々と語るクラリッサ。その話の途中で、横にいるアルヴィン王子が「念のために、だぞ？」と言い訳を口にする。

誰に言い訳しているのかとアイリスは小首を傾げた。

「立場を考えれば当然の措置ですし、別に言い訳する必要はないのでは？」

「う、む。おまえが気にしていないのならよいのだ」

そんなやりとりをしているあいだにクラリッサは説明を終えて「この意味がレスター侯爵には分かりますか？　もちろん分かりますよね？」と締めくくった。

「まさか、まさか……っ」

「そのまさかだ。レベッカに情報をもたらした男はレスター侯爵、そなたの手の者だ。それがいまから三日前の出来事なのだが……さて、おまえはなぜ知らないなどと嘘を吐いた？」

「い、いや、それは……そう。おそらくわしの配下が隠したのでしょう。もしかしたら、そやつらが裏切り者かもしれませぬ。急いで、そやつの尋問を――」

レスター侯爵の言葉を遮り、騎士達が駆け寄ってきた。

そのうちの一人が「報告いたします！」とアルヴィン王子の前に膝をつく。

アイリスはその隙を突いて彼の腕の中から抜け出した。アルヴィン王子が舌打ちをするが、アイリスはふふんと得意げに笑う。

その横では、いまだアイリスの腕にしがみついているフィオナが勝ち誇っている。それを見たアルヴィン王子は苦笑いを浮かべ、騎士に報告しろと促した。

「はっ！　フィオナ王女殿下の部屋で待ち伏せしていたところ、数名の騎士が奇襲を仕掛けてきたために全て取り押さえました」

「その者達は？」

「必要になるかと思い、こちらに連れてまいりました」

他の騎士がその言葉を聞いて捕らえた下手人（げしゅにん）をアルヴィン王子の前に引きずり出した。顔を隠そうとしている者もいるが、アルヴィン王子の騎士がそれを許さない。

その者達は、さきほどレスター侯爵が連れていた騎士達だった。

「おまえ達の罪は明白だ。このままでは一族郎党皆殺しの憂き目に遭うところだが……おまえ達は運が良い。誰に指示をされたか話せば、無実の身内までは罰しないと約束してやろう」

ざわりと囚われの下手人達がざわめいて、それから顔を見合わる。

「それは、まことですか？」

「その娘が連座を嫌うのでな。レベッカの件は知っているだろう？」

レベッカがネイトやイヴと定期的に会っていることは知られていないが、レベッカの子供である二人がアイリスに雇われていることは広く知られている。

死んだようだった彼らの目に、わずかに希望の光が宿った。

「我々にフィオナ王女殿下の暗殺を指示したのは……そこにいるレスター侯爵でございます」

「デタラメを言うなっ！」

即座にレスター侯爵が反論した。だが、捕らえられた者達は、さきほどレスター侯爵が送り出した者達だ。レスター侯爵の指示でこの場を離れた者達が、フィオナを殺そうとした。

それだけでも言い逃れは出来ないのだが――

「ところで、私の報告が途中ですが、続けてもよろしいでしょうか？」

声を上げたのはクラリッサ。

彼女はアルヴィン王子の許可を得て報告を再開する。それによると、レベッカに暗殺計画の情報をもたらした男、レスター侯爵の部下を尋問していろいろと情報を引き出したらしい。

「あなたは、恐れ多くも陛下の毒殺計画にも関わっていたそうですね？」

その場にいた多くの者が驚きの声を漏らした。驚かなかったのはアイリスとアルヴィン王子。それにグラニス王と、彼に付き従う護衛の騎士達だけだった。

「な、なにを言う。わしが、そのような恐れ多いことをするはずが……」

彼は最後までそのセリフを口にすることはなかった。新たな騎士達が姿を現した。その者達の様子から、自分の未来を悟ったのだろう。

彼の予想通り、騎士はアルヴィン王子に報告を始めた。

レスター侯爵の屋敷で、陛下の愛飲しているワインを発見。そのワインには、陛下のもとから回収したワインに混入していたのと同じ遅効性の毒が入っていたらしい——と。

それを聞いたレスター侯爵はがくりと項垂(うなだ)れた。

3

騎士の報告により、レスター侯爵の罪が明らかになった。

それを見届けたグラニス王がアイリスの前に立つ。

「アイリス嬢、よくやってくれた。そなたはわしだけではなく、フィオナの命の恩人にもなった。その恩には必ずや報いると約束しよう。なにか望みを考えておいてくれ」

「では一つだけ。いまこの場で、わたくしがレスター侯爵から事情を聞くことをお許しいただけないでしょうか?」

「いま、この場で……か?」

なぜという視線に対して、アイリスは自分にしがみついているフィオナを見下ろす。それだけで、グラニス王の瞳には理解の色が宿った。

「そなたが必要だと考えるのなら、好きにするがよい」

「ありがとう存じます」

深く感謝の意を示し、それからレスター侯爵に向き直る。彼は全てを諦めたのか、一気に老け込んだ顔で項垂(うなだ)れていた。

「レスター侯爵。貴方はフィオナ王女殿下の母であるリゼッタ様の後見人だとうかがっています。なのに、なぜこのような真似をなさったのですか？」

「……だからこそ、だからこそ、だ」

絶望していたはずの侯爵が怒りを露にした。

その理由が知りたくて、アイリスは続きを促す。

「リゼッタはこやつらに殺された。だからわしはその復讐がしたかったのだ」

「……リゼッタ様は魔物に殺されたとうかがっていますが？」

前世の記憶に、その報告を受けたときのことは鮮明に残っている。馬車で遠出をした両親が行方不明になり騎士達が捜索をした。そうして、魔物と争った激しい痕跡の中、折り重なるように亡くなっている二人と、その護衛達を発見した、と。

それがかつて聞かされた両親の最期だ。

「魔物に殺されたのは事実だ。だが、そもそも王族が剣姫となったリゼッタに政略結婚を強いなければ、あのように痛ましい事件は起きなかったのだ！」

「……ならば、フィオナ王女殿下の命を狙ったのはなぜですか？」

「リゼッタがその娘を望んで産んだとでも思っているのか!?　政略結婚で半ば強制的に嫁がさ

れる。おまえも賢姫なら分かるはずだ！」

グラニス王やアルヴィン王子が苦虫を嚙み潰したような顔をする。

剣姫や賢姫は国の象徴という地位を得る代償に、その意思にかかわらず王族との婚姻を結ばされる可能性が高い。アイリス自身も、一度はザカリー王太子との婚姻を強制された。

あれだけ愚かなザカリー王子が王太子に選ばれたのも、賢姫のアイリスと年回りが近かったからだ。そこに、賢姫を王族に取り込む目的以外の配慮は存在しない。

「……理解は出来ます。わたくし達の政略結婚とはそういうものですからね」

アイリスがそう口にした瞬間、その腕に摑まっていたフィオナがびくりと身を震わせた。だからアイリスは「だけど――」とその発言を翻す。

「フィオナ王女殿下は望まれぬ子供だった訳ではありません」

「なにを根拠にそのような世迷い言を口にする」

「世迷い言かどうか、フィオナ王女殿下に聞けば分かることです」

アイリスはそこで膝を曲げると、自分にしがみついているフィオナの顔を覗き込む。そうして怯える彼女に優しく微笑みかけた。

「フィオナ王女殿下、心配はいりません。貴女は両親に愛されていたはずです。だって、覚えているでしょう？　お母様とお父様がどのような関係だったか」

「……うん。お母様とお父様、とっても仲良しだったよ」

「はい、そうですね。フィオナ王女殿下は、二人に望まれて産まれてきたんですよ」

フィオナの頭を優しく撫でつけて、それからレスター侯爵へと視線を戻す。彼は信じられないと目を見開いて、わなわなと震えていた。

「馬鹿な、そのようなことはあり得ぬ。あやつはいつも夫の所業を愚痴っていた！」

「……きっと、リゼッタ様は素直になれない性格だったのでしょう。貴方の前では夫のことを邪険にして、でも本当は夫のことを心から愛していた」

「……そういえば、お父様は人前でお母様にちょっかい出して、よくお母様に怒られてたよ」

アイリスももちろん覚えているが、その事実をアイリスが知っていては不自然だ。フィオナが口にしてくれて都合が良いと、彼女にその証言を求める。

「そのとき、お母様は嫌そうにしていましたか？」

アイリスの問い掛けに、フィオナはぶんぶんと首を横に振った。口では邪魔だのなんだのと邪険にしていたリゼッタは、けれど夫ととても息が合っていた。

それがアイリスの知る事実。

「馬鹿な、馬鹿な馬鹿な！　そのようなことはあり得ぬ！」

「いいや、それが真実だ」

沈黙を守っていたグラニス王が声を上げた。

「レスター侯爵。わしが息子のために、リゼッタに政略結婚を強いたのは事実だ。ゆえに、わしが責められることは致し方がないと受け入れよう。だが、フィオナが望まれぬ子供などということは決してあり得ぬ。息子とリゼッタは愛し合っておったからな」

「なにを馬鹿な。リゼッタと婚約したとき、あやつには恋人がおったではないか！」

(えっ、そうだったのですか!?)

生まれ変わってから知る真実にアイリスは目を丸くした。前世がフィオナだったアイリスですら動揺するのだから、当事者であるフィオナの衝撃は計り知れない。

お爺様ぁ〜と、アイリスはグラニス王に縋るような視線を向ける。

「たしかに、息子には恋人がいた。だが、リゼッタと婚約するにあたってその娘に別れを告げ、リゼッタだけを愛すると誓った。二人で助け合い、この国を支える覚悟を決めたのだ」

安堵の息を吐くアイリスとフィオナ。それに反比例するように、レスター侯爵は呆然とした面持ちになった。

「嘘、だ」

「嘘ではない。おまえとて、少し冷静に考えればわかるはずだ。あの二人が最期、どうやって死んでいたかは聞いているのであろう」

二人は折り重なるように死んでいた。

互いが、互いを護るように。

その報告を思い出したであろうレスター侯爵は膝からくずおれた。

「……馬鹿な。それでは、わしは一体なんのために……」

「そなたがわしを恨むのは仕方ない。だが、フィオナを、我が息子とリゼッタの忘れ形見を狙ったことは決して許せることではない。……連れて行け」

捕らわれたレスター侯爵が引き立てられていく。

不幸なすれ違いが引き起こした、痛ましい事件はこうして幕を下ろした。

それを見届け、グラニス王が再びアイリスの前に立った。

「アイリス、そなたは我ら王族の恩人だ。今回の件を公表した後、そなたには改めて褒美を与えよう。なんなりと望みを言うがよい」

「光栄でございます、陛下。ですが、わたくしの望みは最初から決まっています」

アイリスは微笑んで、自分に纏わり付いているフィオナを抱き寄せた。

「これからも、フィオナ王女殿下の教育係として雇ってください」

王族の命を何度も救った褒美に望むのが、まさかそれだとは思わなかったのだろう。グラニス陛下がパチクリと瞬いた。

その横で、アルヴィン王子がたまらずといった様子で笑い始める。

「くくっ、おまえは本当にフィオナのことが好きなのだな」

「それはもう。フィオナ王女殿下はとても可愛らしいですから」

フィオナが可愛いと抱き締め、花の妖精もかくやとばかりに愛らしく微笑む。それを見たアルヴィン王子は少しだけ呆気にとられ――

「少し、妬けるな」

と、アイリスに辛うじて聞こえるような声で呟いた。

「ふふん、可愛い従妹を取られて悔しいんですか？」

「そっちではない。いや、そっちも少しはあるが、俺は――」

床の上を滑るように距離を詰めてくると、アイリスの腰に腕を回し、もう片方の手でそのプラチナブロンドを指で掬い上げる。

「俺は、おまえにこそ興味がある」

「……王子、前から言っていますが、そういう誤解を招く行動は控えてください」

「誤解されてもかまわないと言ったらどうする？」

「この王子、本当に面倒くさいっ」

ここにいる者達は、アイリスが賢姫で王族の恩人であることを知っている。それを差し引いたとしても、その暴言は咎められてもおかしくはない。

だが誰一人としてその言葉を咎めることはない。王族の恩人だからと我慢している訳ではなく、むしろ、なぜか温かい視線を向けられている。

それに気付いたアイリスは小首を傾げた。

そんなアイリスを横目に、複雑な顔をしたフィオナが口を開く。

「お爺様！　お父様とお母様って、実は仲が悪かったのではないですか？」

「む？　いや、そのようなことはないぞ。リゼッタは自由奔放で気高く、そして素直ではなかった。あれが誰かを邪険にするのは愛情の裏返しだ」

「でもでも、本当に邪険に思っているかもしれませんよね？」

「いや、本当に嫌いな者にはもっと辛辣な対応を……」

　グラニス王がフォローをするにつれて、なぜかフィオナがふくれっ面になっていく。それを見て沈黙した王の視線がアイリスへと向けられた。

「おぉ、なるほど。たしかに邪険に思っている可能性も否定できぬな」

「陛下、なにを言われるのですか⁉」

　慌てて言葉を挟んだのはアイリスだ。なぜフィオナを傷付けるような言葉を口にするのかと苦言を呈する。けれど、フィオナは「そうですよねっ！」と笑顔を浮かべた。

（えぇ……どうしてそれでフィオナが笑顔になるの？）

　アイリスが困惑していると、アルヴィン王子がアイリスの肩を抱き「こいつの言う通りだ。リゼッタ伯母様は素直でなかっただけだろう」と援護に入った。

　アイリスは意外に思いつつ「そう思いますよね？」と肩に回された王子の腕を払いのける。

「もちろんだ。素直になれぬ女性というのは一定数いると聞くからな。それに、そういった女性はあんがい自覚がないのかもしれんぞ？」

クックツと喉の奥で笑う。

その直後、フィオナがアイリスの腕をぐっと引いた。

そうしてアルヴィン王子から引き剝がすと「アイリス先生はわたくしの先生です。アルヴィンお兄様には渡しません！」と唐突な宣戦布告をするのだが――

「え、わたくしですか？　わたくしはさっきも言ったように、これからもずっとフィオナ王女殿下の教育係ですよ？」

フィオナは可愛いなぁと抱き締めて、まるっきりズレた言葉を口にする。そんなアイリスの言葉にフィオナはふくれ、アルヴィン王子は腹を抱えて笑い始めた。

エピローグ
王子……邪魔っ

フィオナの暗殺を阻止してから一週間ほどが過ぎたある日。アイリスが中庭で散歩をしていると、背後から近付いてきたアルヴィン王子に髪を撫でられた。

「王子……散策の邪魔をしないでください」

「なにを言う、そなたの行動は阻害していないはずだ」

「気が散るんですよ、気がっ」

「そう言うな。おまえの時間を俺に少しだけ譲ってくれ」

「この王子、話が通じないっ」

面倒くさいなーと呟いて、アイリスはくるりと振り返った。その反動でアイリスのプラチナブロンドが王子の指の隙間から滑り落ちた。

木漏れ日を浴びて煌めく髪は美しく、けれど王子に向ける表情はむすっとしている。

「ふむ、美人は怒る姿も美しいものだ」

「怒らせている自覚があるのなら少しは自重してくださいよ」

どうして分からないのかと溜め息をついて、それからなんの用かと問い掛ける。

「なんだ、用がなければ会いに来てはいけないのか？」

「ダメかどうか以前に、そもそもアルヴィン王子は多忙でしょう。忙しい合間を縫って会いに来るからには、相応の理由があるに決まってるじゃないですか」

「……驚いた」

「なにがですか？」

「おまえは、意外と俺のことを評価しているのだな」

「事実を事実と受け止めているだけです」

そもそも、王子が有能でなければフィオナが失脚させられることもなかった。彼が有能だからこそ、前世のアイリスは城を追放されることとなったのだ。

（そういう意味ではまだまだ油断できないけど……実は、追放された理由に心当たりがあるんですよね。最近のあれこれを考えると）

アイリスは賢姫の知識を活用して、全力でフィオナを教育している。そのうえで、前世の知識を使って、フィオナに干ばつによる被害を最小限に抑えさせるなどの手柄を立てさせた。

アルヴィン王子がフィオナの失脚を望んでいるのなら、面白くない状況のはずだ。なのに彼はアイリスを排除するどころか、その後押しすらしている。

そこになんらかの理由があると考えるのが自然だろう。

それを前提にあれこれ考えると、その理由に思い当たる。

干ばつに備えることは出来たが、その規模はアイリスが前世で聞いていたより大きかった。もしなにも対策していなければ、相当な規模の飢饉が発生していただろう。

前世ではそれによってリゼル国との関係は悪化する。

そこに加えて、フィオナの暗殺未遂。これから先には魔物が活性化するという未来も待ち受けており、剣姫は否応もなく危険に晒される。

そこから導き出されるのは、アルヴィン王子はフィオナを追放したのではなく、剣姫という重責からフィオナを解き放った可能性だ。

むろん、あくまで仮説でしかない。

だが、レスター侯爵がフィオナの母親が剣姫の責務によって殺されたと捲し立てたとき、グラニス王やアルヴィン王子が浮かべた表情には後悔や憂いがあった。

フィオナが同じ運命をたどることを憂いている可能性は十分にある。

そして、アルヴィン王子がアイリスにやたらと絡んでくる理由。

面白がっているというのはあるだろう。多少は好意もあるかもしれない。だが、その根底にあるのは――フィオナに近付く人物への警戒。

アイリス自身が認識していたことだ。アルヴィン王子は不確定要素は排除するのではなく、自分の手元に置いて監視しようとする性格である、と。

もちろん、まったく別の理由である可能性もある。

だが、アイリスはこうも思うのだ。

もしも自分の転生先がアイリスではなくアルヴィン王子だったとしたら、やはりフィオナに近付く賢姫を警戒したはずだ、と。

信じていた王子に裏切られたのだから、その信頼はもはや当てにならない。そう考えていたはずのアイリスが、再びアルヴィン王子を部分的とはいえ信頼をしている。

その事実に彼女自身は気付いていない。

「ところでアイリス、褒美はなにがいい？」

「褒美、ですか？　フィオナ様の教育係を続けたいと申し上げたはずですが」

「王族の命を二度も救った褒美がその程度で済むはずがなかろう」

王子の言葉にアイリスは口をへの字にした。

褒美を渋ったと思われては王家の威厳が保てない。また、今後同じようなケースがあったとしても、褒美が期待できないからと裏切る者が現れるかもしれない。

ゆえに、アイリスが褒美を辞退することは望ましくない――と、公爵令嬢であり賢姫であるアイリスにはその事情がよく分かる。

だけど、アイリスの目的はフィオナを幸せにすること。派手に動いて歴史を変えすぎると、アイリスの知る前世の記憶が役に立たなくなる。

それは好ましくないのだけれどと、アイリスは眉をひそめて考え込んだ。

「……あ、そうだ。欲しいものがあります」

「ふむ、言ってみろ」

「実は、薬草園が欲しいと思っていたんです」

前世でお兄様――つまりはアルヴィン王子から聞かされたことだが、発生した干ばつの被害からようやく立ち直った頃に魔物の襲撃が群発したらしい。

伝聞で詳しい被害状況は聞かされていないが、相応の被害が出たと聞いている。そのうえで、回復のポーションが足りなくて救えない命があったとも聞かされた。

だからこそ、薬草園で薬草を育てて、回復のポーションを作ろうと考えた。

「薬草園だと？　おまえは薬草まで扱えるのか？」

「わたくしをなんだと思っているのですか？」

「いや、賢姫だからといって薬草学にまで精通しているとは限らないだろう？」

（そうだったよ……）

それは一般的な賢姫の認識。

だが、アイリスには隠れ里で様々な知識を学んだ前世がある。いまのアイリスには回復ポーションを作ることなどお手の物で、それくらい出来て当たり前だと考えていた。

自分の認識が少々歪んでいることを、アイリスは今更ながら自覚する。

「わたくしは趣味で薬草学も学んでいたんです。だから、ポーションも作れます」

「では、剣技に長けているのも趣味なのか？」

「はい、趣味です」

明らかに説得力はなかったはずだが、王子はまぁいいだろうと引き下がった。

「しかし、薬草が欲しいのなら仕入れることが出来るし、ポーションも同じだぞ？」

「……はて？」

王子いわく、城にも相応の備蓄があるらしい。

考えてみればそれは当然だ。この国は水害よりも魔物の被害のほうが圧倒的に多い。そんな国で、魔物に対する備えが出来ていないはずがない。

（そうすると……魔物による被害が聞いていたよりも大きかった、ということでしょうか？）

考えられるのは一つ。

アルヴィン王子の報告に嘘が混じっていた可能性。

起きていない魔物の被害が起きていると嘘を吐いたのならかまわない。

だが、もしも起きていた被害の大きさを隠していたのなら……それはきっと、備蓄しているポーションが足りなくなるような規模の被害だったということだ。

「アルヴィン王子、やはり薬草園をください」

「ふむ……お前がそう言うのならかまわない。どこかの薬草園を買い取って――」

「いいえ、あらたな薬草園を作りたいと存じます」

既存の薬草園を買い取っても、備蓄が前世より増えない可能性を危惧しての判断だ。

「まぁいいだろう。では、この中庭に作らせよう。あとで、希望のサイズや設備などをクラリッサに伝えておけ」

「ありがとう存じます」

未来をより良く変えるために、アイリスはポーションの増産をやることリストに加えた。そのうえで、これから必要なことに思いを巡らせる。

「それともう一つ、外出許可をください」

「外出許可だと？　街で買い出しなら使用人に任せればよい」

「いえ、薬草園で育てる特殊な薬草を仕入れに……数週間ほど」

「おい、どこまで行くつもりだ？」

ジト目で睨みつけられたが、アイリスは「それは秘密です」ととぼける。

今回の一件にアルヴィン王子は無関係だった。フィオナを追放するのも彼自身の野望ではなく、フィオナのためだった可能性は高い。

だが、それはあくまで可能性だ。現時点で彼にすべてを話すことは出来ない。

「秘密で済むかっ」

「いひゃいですっ！」

頬をむにっと引っ張られ、乙女になんてことをするんですかと王子を睨みつけた。

「少しくらい外出したっていいじゃないですか、褒美のついでとかで」

「いや、おまえは既にこの国の重鎮なのだぞ？　こそっと数週間も消えたら大事だ。それに、なにかあったらどうするつもり……いや、それはないか」

「失礼な。わたくしだってかよわい乙女なんですよ？」

「たしかにな」

アルヴィン王子がアイリスの髪を一房摑み上げて唇に押し当てる。

「ええい、やめなさい。ぶっとばしますよっ」

ペチンと手をはたき落としてアルヴィン王子から距離を取る。そして、許可をもらえないのならば勝手に抜け出すしかないかと思いを巡らせた。

「言っておくが、こっそり抜け出すような真似はするなよ？」

「そ、そんなことはしませんよっ!?」

とっさに否定するが目が泳いでいては説得力がない。

「本当か？」

「うっ。……フィオナ王女殿下にはちゃんと言います」

「それはちゃんと言うとは言わぬ。まぁ……陛下に口添えくらいはしてやろう」

「本当ですか？」

期待半分、疑い半分の視線で問い掛ける。

アイリスの内心を理解しているのか、アルヴィン王子は意地の悪い笑みを浮かべた。

「本当だ。——ただし、条件がある」

「うっ、すごく聞きたくない気がします」

ものすごぉく嫌そうな顔で、だけど条件を聞かない訳にはいかなくて、アイリスは「なんですか？」とアルヴィン王子に続きを促す。

「簡単なことだ。その旅に俺も連れていけ」

アイリスはパチクリと瞬いて、それからふわりと笑みを浮かべた。

「お断りです」

「ぶっとばすぞ」

「人のセリフを取らないでください！」

書き下ろし
番外編

王子がとても邪魔な午後

レムリアの王城にある大きな厨房の一角に、平民の女の子っぽい装いの賢姫がいた。

長く艶やかな髪を後ろでひとつに纏めたラフなワンピース姿、清潔そうなエプロンを身に着けている彼女は、なにやらウィスパーボイスで歌を歌いながらボウルの中身を混ぜている。

静かに、けれど厨房に広がる美しい歌声。厨房で働く者達は出来るだけ物音を立てないようにして、アイリスの歌声に耳を傾けていた。

ほどなく、そんな癒やし空間に静かな驚きが広がっていく。

ボウルの中身を混ぜながら、アイリスは静かに忍び寄ってくる気配に意識を向けた。

(この気配は……またあの人ですか)

気配を殺しているわけではないが、目立たないように気配を抑えている。周囲の者の邪魔にならない配慮かもしれないが、アイリスにとっては逆に浮いて感じられる気配。

それがアイリスの背後に立った——瞬間、アイリスはくいっと首を動かして、後ろで纏めている髪を舞わせた。

アイリスの髪に触れようとしていた手が虚空を切るのを気配で感じる。

だが、その手は軌道を変えて、虚空を舞う髪を追い掛けてくる。アイリスは再び頭を動かして、撥ねた髪はその手を回避——した次の瞬間、アイリスは背後から抱きすくめられた。

「——捕まえた」

アルヴィン王子の手がお腹に添えられて、耳元にはその唇が寄せられる。甘く、それでいて抗えないような囁きに、けれどアイリスは半眼になった。

「王子……邪魔なんですけど？」

「おまえが逃げるからだ」

「王子が邪魔するからでしょう？」

「馬鹿を言うな。おまえが逃げなければ髪に触れただけだ」

「そもそも髪に触れないで欲しいんですけど？」

「安心しろ、おまえの髪は美しい」

「自信がないから嫌がってるわけじゃないよっ」

たまらず声を荒らげて、同時に頭を振ってアルヴィン王子の顔を押しのけた。それからボウルを持ったままクルリと振り返る。

「料理中にあまり声を上げさせないでください」

「おまえが大人しくしていればいいのではないか？」

「この王子、邪魔をしてる自覚がないっ」

面倒くさいなーと、アイリスは溜め息を一つ。テーブルにボウルを置いて中身を混ぜるのを再開しつつ、なにかご用ですかと問い掛けた。

「いやなに、おまえがお菓子を作っていると聞いてな」

「はい」

「いまなら両手が塞がっていて抵抗できないと思って遊びに来たのだ」

「……王子、ぶっとばしますよ？」

半眼で睨みつけるが、アルヴィン王子はニヤニヤと笑っている。

けれど、アイリスは賢姫――つまりは魔術師だ。両手が塞がっていても最大の武器は失われていない。それを彼が理解していないはずがない。

つまり、アルヴィン王子は言葉通り遊んでいるだけなのだ。

それを理解したアイリスは溜め息をついた。

「フィオナ王女殿下へのお菓子を作っている途中です。見ているくらいならかまいませんが、邪魔をするなら本気で暴れますよ？」

「やれやれ。では見るだけにしておいてやろう」

「……どうして私がわがままを言ったみたいになってるんですかね？」

ジト目を向けるが、アルヴィン王子はどこ吹く風だ。ただし、言葉通り見ているだけでそれ以上の邪魔は控えるつもりのようだ。

アイリスはお菓子づくりを再開した。生地を二つに切り分けるようにヘラを入れ、それを何度も繰り返して、ときどき軽く真ん中に掻き集める。

洗練された動きで、アイリスの動きには淀みがない。しなやかな手を翻し、くるりと混ぜては、さくさくと切り混ぜていく。

それを何度も何度も繰り返していると、アルヴィン王子が顔を寄せてきた。

「……いま邪魔をしたら本当に怒りますよ？　時間を空けると食感が変わるので」

「ああ、分かっている。だが、会話をするくらいは問題ないだろう？」

「まぁ……それは大丈夫ですが、なんですか？」

「いやなに、変わった混ぜ方だと思ってな」

「あぁこれですか？　クッキーの生地を作っているんですが、小麦粉はあまり押さえつけると固くなってしまうんです。なので、こんなふうに切って混ぜているんですよ」

「ふむ。おまえの作るお菓子は格別だとフィオナが言っていたが、それが秘密か？」

「お菓子にもよりますね。でも、混ぜると言っても、用途に応じていくつも種類があります。それを使い分けることはお菓子作りの重要なポイントですね」

何気ない会話――ではあるが、この国ではあまり知られていない技法でもある。厨房で働いている者達が二人の会話に耳をそばだてている。

それに気付いたアルヴィン王子が眉を寄せる。

「すまない、いまここで聞くことではなかったか」

「いいえ、別に気にする必要はありませんよ」

優雅に手を踊らせる。しばらくして完成した生地をのばして型抜きし、それをオーブンで焼き始める。そうして一息吐くと、アルヴィン王子がところでと続けた。

「フィオナの教育は進んでるのか？」

「他の先生から聞いていないのですか？」

「むろん聞いている。物覚えはもちろん、やる気が段違いで、まるで中身が別人と入れ替わったかのようだ、だそうだぞ？」

「そ、そぅですか……」

中身が入れ替わったという表現に少しだけ驚いた。

むろん、それはあくまで比喩だろう。

だが、実際にアイリスはフィオナだった前世の記憶を思い出している。フィオナが別人の記憶を思い出すなんてことが起こる可能性はゼロじゃない。

もっとも、アイリスはいま自分の目の前にいるフィオナを可愛がっている。

それが純粋なフィオナだろうが、アイリスの記憶を持つフィオナ、もしくは別人の記憶を持つフィオナだろうが関係ない。

重要なのは、彼女がとても可愛いという事実のみである。

「しかしどうやってフィオナのやる気を出させたのだ？　あれは脳筋――いや、戦うことにしか興味がないような性格だったはずだが」

（お兄様まで、フィオナを脳筋扱いですか）

失礼なと思いつつも、同時に否定できない自分がいる。

アイリスは小さく息を吐いて自分を落ち着かせた。

「フィオナ様は、たしかに強くなることを第一に考えています。であれば、強くなることと結びつけて教えればよいだけの話でしょう？」

フィオナは決して怠惰ではなく、求めるものが強さに偏っているだけの話だ。そしてそれは、両親に力が足りず、魔物に殺されたことが原因である。

ゆえに知識を身に付ければ戦略的な強さを得られる。国を豊かにすれば兵士を強くする余裕も出来る。フィオナが素直に勉強すれば、アイリスが強くなるコツを教える。

やりすぎれば、報酬――つまり強くなることのためにしか行動しなくなるという危険もはらんだ方法ではあるが、そこはもちろんバランスの取り方次第。

誰よりもフィオナを知っているアイリスは、彼女のやる気を上手く引き出した。

「強くなるためならば頑張れる、か。やはりあれは両親の死を引きずっているのだな」

「簡単に忘れられることではありませんよ」

「……まるで、自分のことのように言うのだな」

「わたくしにも、そういう経験はありますから」

「そうか……」

いつもなら興味を持って追求してきそうなモノだが、今日のアルヴィン王子はそのまま黙り込んだ。そうして、二人は無言でクッキーが焼き上がるのを見守る。

ほどなく、アイリスはクッキーをオーブンから取り出した。そうして熱々のクッキーを一欠片、自分の口へと放り込んだ。

「……うん、サクッと焼けていますね、美味しいです」

微笑みを一つ、焼き上がったクッキーを皿に盛り付けていく。だが、それを見守っていたアルヴィン王子がなにか言いたげな視線を向けてくる。

「……なんですか？」

「なんだ、ではない。俺に味見はさせてくれないのか？」

「あら、意外ですね。貴方なら勝手に食べると思っていました」

「馬鹿を言うな。これはおまえがフィオナのために焼いたのだろう？　ならば勝手に食べたり出来るはずがなかろう」

真面目な口調。アイリスに対する誠意というよりも、フィオナに対する気遣い。そんな彼の優しさに触れて、アイリスはアルヴィン王子の顔を見上げた。

「フィオナ王女殿下には優しいのですね」

「なんだ、嫉妬か？」

「バカをおっしゃらないでください。むしろ――」

アイリスは鼻で笑って、それから焼きたてのクッキーを一つ摘み取った。

「むしろ、なんだ――むぐ」

彼の開いた口に、焼きたてのクッキーを押し込む。

「わたくし的にはポイント、高いですよ？」

アイリスは片目を瞑って、イタズラっ子のように微笑んだ。

あとがき

『悪役令嬢のお気に入り　王子……邪魔っ』の一巻を手に取っていただき、ありがとうございます。作者の緋色の雨と申します。

今作は緋色の雨にとって初めての、女性をメインターゲットとした作品であり、初めてノベルの書籍化とコミカライズが同時に決定した作品となっています。

と言っても、先月コミカライズ版の一巻が発売した『悪役令嬢の執事様』など、女性をターゲットしてるっぽい？　という作品も書いていますが。どちらかというと男性をターゲットにした作品を書くことが多いので、今作はとても新鮮でした。

たとえば、普段はヒロインに男性を近付けないようにしているのが、今作では王子に女性を近付けないようにする、などですね。

そんな感じで色々ありますが、中でも新鮮だったのはイラストですね。普段はどちらかというと男性向けの作風の方にお願いしているので、今回はすっごく新鮮でした。

凄い、女性向けのイラストだ！　って、初めて見たときに感動した記憶があります。しかも、女性向けのイラストなのに男性視点で女の子も可愛いという。素晴らしいですね。

話は少し変わりますが、今作はコミカライズの企画も進行しています。帯の後ろ側などに載っているはずですが、今春に公開予定とのことですので楽しみにしていてください！

最後になりましたが、イラストレーターの史歩様。

表紙もカラー口絵も挿絵も本当に素敵でした。なかでも、表紙の色使いが特にお気に入りです。素敵なイラストに仕上げてくださって、ありがとうございます！

続いて担当の黒田様。短編版の今作に書籍化＆コミカライズ化の打診をいただいたときは正直ドッキリかと思いました（笑）ですが、長編版を確認いただいたうえで問題ないとの回答をいただき、こうして書籍に至ったこと、本当に感謝しています。

今作を見つけてくださって、本当にありがとうございます。

その他、デザインや校正、その他、制作に関わった皆様や、今作を手に取ってくださったすべての皆様、本当にありがとうございます。

二巻でも引き続きよろしくお願いします。

二月某日　緋色の雨

今春コミカライズスタート!
悪役令嬢のお気に入り王子……邪魔っ
漫画:しいなみなみ
原作:緋色の雨
キャラクター原案:史歩
笑わない賢姫
アイリス・アイスフィールド
前世の仇敵!
アルヴィン王子
最新情報はこちらをチェック!
Comic PASH!
Twitter @pash__up
URL https://pash-up.jp/

嘘をつくたび、
愛を知る。
強面軍人とワケあり美女の純愛ロマンス
辺境の
獅子は
瑠璃色の
バラを
溺愛する
PC Fiore
今冬、連載
スタート！
https://
pash-up.jp/
漫画――まろ乃
原作――三沢ケイ
キャラクター原案 宵マチ

この本を読んでのご意見・ご感想・ファンレターをお待ちしております。
〈宛先〉　〒104-8357　東京都中央区京橋 3-5-7
　　　　　（株）主婦と生活社　PASH！編集部
　　　　　「緋色の雨先生」係
※本書は「小説家になろう」（https://syosetu.com）に掲載されていたものを、改稿のうえ書籍化したものです。

悪役令嬢のお気に入り　王子……邪魔っ

2021年2月15日　1刷発行

著　者	緋色の雨
編集人	春名 衛
発行人	倉次辰男
発行所	株式会社主婦と生活社 〒104-8357　東京都中央区京橋 3-5-7 03-3563-5315（編集） 03-3563-5121（販売） 03-3563-5125（生産） ホームページ　https://www.shufu.co.jp
製版所	株式会社二葉企画
印刷所	大日本印刷株式会社
製本所	株式会社若林製本工場
イラスト	史歩
デザイン	井上南子
編集	黒田可菜